CITY OF
D BEAST
A FANTASY STORY
은 현대 판타지 소설

①

맹수의 도시

CITY OF
WILD BEAST

맹수의 도시

contents

누군가 단 한 번만이라도 손을 내밀어 잡아 줬더라면……

나는 맹수가 되지 않았을 것이다.

프롤로그

CITY OF
WILD BEAST

마도수는 무릎을 꿇고 두 주먹을 바닥에 댄 채 앉아 있었다.

입에는 자물쇠를 채운 것처럼 굳건하게 닫히고, 눈동자는 사흘 밤낮을 잠을 자지 못한 것처럼 붉게 물들었다. 충혈된 눈동자는 피곤하다기보다 화염처럼 타오르고 있는 것처럼 보였다.

그는 검은 정장에 검은 넥타이를 맸다.

190㎝이 넘는 신장이지만 팔고 다리가 가늘었고 60㎏도 채 나가지 않을 것 같았다.

두발은 갓 제대한 군인처럼 짧고 눈썹은 진했다. 코는 외국인처럼 오뚝했고, 얼굴에는 살이 없어 광대뼈는 툭 튀어나와 있었다.

조금은 이국적인 얼굴이었지만 너무 말라서 힘이 하나도

없어 보였으나…….

그럼에도 눈빛은 살아 있었다.

매서운 코요테의 눈으로 터져 나오려는 비명을 억지로 참아 냈다.

팔에는 상주를 뜻하는 완장을 차고 있었다.

양쪽 영안실에서 꽤나 큰 곡소리가 울렸지만 도수의 귀에는 들려오지 않았다.

많은 사람들이 목소리를 높여 벅적거렸다. 종종 웃고 떠들고 있는 사람들도 있었다.

이미 판을 벌여서 고스톱을 치는 사람, 술을 많이 마셔서 얼굴이 벌겋게 취기가 오른 사람, 언성을 높여서 되지도 않는 말도 싸우는 사람도 있었다.

그러나 도수가 있는 곳에는 아무도 없었다.

그곳만은 정적에 휩싸여 있어, 다른 영안실과는 완전히 다른 세계처럼 느껴졌다.

도수는 핏줄이 터질 것처럼 붉게 달아오른 눈을 치켜 올렸다.

그의 시선이 박힌 곳은 대략 60세쯤 되어 보이는 중년 여인이 환하게 웃고 있는 영정 사진. 안경도 쓰지 않았고 눈동자에도 총기가 찼다.

약간의 주름이 있지만 그것은 그녀가 그만큼의 세상을 살았다는 증거에 지나지 않았다. 희끗희끗 보이는 흰머리는 보드랍게 귀밑을 쓸고 지나갔다.

그녀가 도수의 어머니.

너무도 환하게 웃고 있어 어머니가 이 세상에 없다는 것이 실감이 나지 않았다.

일주일 전까지만 하더라도 생생하게 목소리를 들을 수가 있었다.

"엄마, 편찮으신 데는 없지?"

"그럼, 나야 쌩쌩하지. 너는 밥 챙겨 먹고 있지?"

"언제 내가 밥 굶고 다니는 것 봤수? 걱정 말아요. 도영이는 어때? 식당은 잘돼?"

"응? 아, 응. 그럼. 잘되지. 걱정 말어."

"다행이네. 엄니도 이제는 편하게 살아야지. 근데 목소리가 왜 그래? 어디 아파? 힘이 없어 보여."

"그냥 감기 기운이 있나 보네. 그나저나 언제 올 거야."

"이번 주에 일 끝나고 갈게."

"여자 친구는 사귀고 있어?"

"나중에. 지금은 그럴 시간이 없다는 것 알잖아."

"에휴, 나이 찬 아들이 둘이나 있는데 한 놈도 장가를 안 가니 원. 손자라도 봐야 눈을 감을 것 같은데."

"에헤이, 자꾸 그런 소리 좀 하지 마. 제대한 지 1년밖에 안 됐어. 인연이 있으면 생기겠지. 엄니는 벽에 똥칠하도록 살 거고. 손자도 곧 보실 테니까."

"그놈의 말만. 벽에 똥칠할 때까지 살고 싶지 않다. 어쨌든 알았어, 올라올 때 전화해."

"알았어요. 그럼 도영이한테 안부 전해 주고. 이번 주에 보자고 그래."

"그래."

그것이 어머니와의 마지막 통화였다.

왜 몰랐을까.

어머니 목소리에 그늘이 깊게 져 있다는 것을.

왜 몰랐을까.

어머니 목소리에서 깊은 걱정이 도사리고 있다는 것을.

항상 같은 곳에 계시기에 너무도 신경을 못 써 드렸다.

항상 같은 모습이기에 변해 가는 모습을 보지 못했다. 그것을 이제야 깨닫다니.

도수는 끓어오르는 슬픔을 참지 못하고 여자처럼 가는 팔로 자신의 가슴을 '쾅쾅' 쳤다.

얼마나 강하게 쳤는지 다른 영안실에서 곡소리를 하던 사람들이 깜짝 놀라 사내를 쳐다볼 정도였다.

도수는 멈추지 않고 자신의 가슴을 계속해서 쳤다. 그렇게라도 하지 않으면 머리가 돌아 버리거나 가슴이 찢어질 것만 같았다.

어머니.

평생을 두 아들의 안위만을 위해 살아오셨다고 해도 과언이 아니었다.

자신보다 뭐든지 아들이 먼저이신 분이었다.

당신의 입에 들어가기 전에 아들들은 밥을 먹었을까 걱정하시고, 당신의 옷을 입기 전에 아들들의 추위 걱정 먼저 하시던 분이었다.

평생 힘들게 살아오셨지만 단 한 번도 아들들 앞에서는 웃는 모습을 잃지 않으셨던 분이었다.

그런데 왜 어머니는 그런 곳에서 차에 치이셨을까.

아무런 연고가 없는 지역이었다.

머릿속을 아무리 헤집어도 그곳은 친척도, 친구도 살지 않았다.

또한 같은 날 동생도 사라졌다.

자신이 모르는 뭔가가 있다는 것은 알았지만, 그것이 무엇인지 알 길이 없었다.

어쩌면 별일이 아니었을지도 모른다.

어머니와 동생이 감당하지 못할 일이었다면 진작 연락이 왔을 것이다.

그럼에도 더운 여름에 습기처럼 몸을 끈적거리게 하는 불쾌한 기분을 도수는 웃어넘길 수가 없었다.

"어머니⋯⋯."

도수는 어금니를 부러져라 강하게 물었다.

어머니를 친 놈은 사과 한마디 없었다. 전화 한 통도 없었다.

변호사란 놈이 한 번 찾아와서 한다는 소리가 '보험사랑 해결하시죠.' 가 다였다.

사람을 죽여 놓고 그것이 할 짓인가. 개가 차에 치어도 이렇게까지 하지 않을 것이다. 놈의 얼굴을 확인한 후 욕이라도 후련하게 해 주고 싶었다.

"저기, 마도수 씨."

누군가 도수를 불렀다. 깔끔한 정장에 나 좋은 사람이요, 라고 얼굴에 써 붙이고 다닐 것 같은 사내였다.

눈썹이 굉장히 진해서 한 번 보고는 잊어버리지 않을 상이었다.

호랑이 눈썹이라고 하나, 진하고 두껍고, 일자로 되어 있어 눈썹과 눈썹 사이가 굉장히 좁았다.

도수는 자리에서 일어났다.

상대는 자신보다 머리 하나가 큰 도수를 보며 흠칫 놀라는 표정을 지었다.

그러나 금방 본래의 얼굴로 돌아온다. 키만 클 뿐 수수깡처럼 한 번이라도 밀면 부러져 다시 일어나지 못할 것 같이 보였기 때문이었다.

조금은 만만해 보인다고 할까.

"저는 대진 보험사의 보험 설계사 현우라고 합니다."

현우라고 자신을 밝힌 사내는 빙그레 미소를 지으며 명함 한 장을 도수에게 건네주었다.

명함에는 지금보다는 젊었을 적으로 보이는 사진이 선명하게 박혀 있었다.

"그런데 무슨 일로?"

"상중에 죄송합니다만 저도 빨리 일처리를 해야 해서요. 곽현아 씨가 어머니시죠?"

"그렇습니다만."

"안타깝게도 보험에 가입이 되어 있지 않으시더라고요. 더군다나 무단횡단이셨고요."

이자는 무단횡단이라는 말에 악센트를 넣었다. 꼭 어머니가 잘못을 했다고 강조하는 것처럼 들렸다.

"무슨 말을 하고 싶으신 거죠."

도수의 말투에는 가시가 돋아나 있었다.

"800만 원에 합의를 보셨으면 합니다. 마도수 씨 입장에서는 큰 변고를 당한 셈이지만 사고를 낸 쪽 입장에서 생각하면 똑같은 변고를 당한 셈이거든요. 어머니께서 느닷없이 차도로 뛰어드는 바람에 사고가 났으니까요. 좋은 게 좋은 거라고 그 정도면 많이 쳐 준 겁니다. 합의하시죠."

……이 염병할 자식이.

순간적으로 욕이 나오려고 하는 것을 목구멍 깊숙이 삼킨다.

많이 쳐 준 거라고?

이자는 어머니를 모욕했다. 사람의 목숨 가지고 많이 쳐 준 거라고?

도수는 강한 살심을 느꼈다.

어머니의 죽음을 개 똥값에 처리하려는 사내의 목을 조르고 싶었다.

저 목을 수수깡처럼 뚝 꺾어 어머니에게 사죄하라고 외치고 싶었다.

"꺼져."

울부짖는 짐승처럼 도수는 낮게 읊조렸다.

"뭐라고요?"

"꺼지라고."

"허참, 이 양반 말 막하시네."

보험 설계사 현우는 아니꼽다는 표정으로 도수를 바라봤다. 도수를 무시하는 비웃음이 역력히 서려 있었다.

"꺼져, 제발."

도수는 양 주먹을 있는 힘껏 쥐었다.

머리가 터지고, 심장이 터져서 재가 되어 사라질 것만 같았다. 눈앞에서 알짱거리는 이 사내의 눈을 후벼 파고 싶은 강렬한 충동을 억지로 억제한다.

"알았어요, 알았어. 갑니다. 나중에 후회하지 마세요. 한 푼도 받지 못할 수도 있어요."

현우는 구두를 신으며 계속해서 나불거렸다.

도수가 그를 쏘아보자 어깨를 들썩이며 움찔거렸다.

"눈빛으로 사람도 잡겠네. 씨발, 먹고 살기 존나게 힘드네."

혼자서 내뱉는 말이지만 도수가 들으라고 하는 말과도 같았다.

"으으으윽, 으아아아아!"

터져 나오는 분노를 참지 못하고 도수는 장례식장에서 크게 고함을 외쳤다.

그것은 고함이 아니라 절규였다.

겨우 돈 몇 푼에 사람의 목숨을 책정하는 저놈들이 미웠고, 아무도 오지 않는 친척들이 미웠고, 사람을 죽여 놓고 얼굴조차 보이지 않는 개자식이 미웠다.

그의 절규는 꽤나 컸는지 장례식장에 들어오던 사람들이 깜짝 놀라서 그런 도수를 바라봤다.

도수는 고개를 푹 숙인 채 거친 숨을 몰아쉬고 있었다.

주먹을 으스러져라 꽉 쥐었다. 손톱에 눌린 손바닥이 움푹 파였지만 아픔을 느끼지도 못했다. 얼굴 근육이 파들파들 떨려 온다. 온 신경 세포가 그의 육체를 야금야금 갉아먹는 고통이 느껴졌다.

그럼에도 도수는 아무것도 할 수가 없었다.

그는 그렇게 서 있을 뿐.

아무도 없는 곳에서 혼자서.

사람들은 별 미친놈을 다 보겠네, 라는 표정을 지으며 복도를 오고 갔다.

제발! 제발 아무 말 하지 말고 모두 꺼져 줘!

I.

맞춰지지 않는 퍼즐

CITY OF
WILD BEAST

도수는 어머니의 삼일장을 혼자서 치렀다.

친척들이 있기는 하지만 오지 않았다. 그들과 거의 연을 끊었다고 보면 된다.

혹시나 하고 전화를 했지만 들려온 대답은 '네가 웬 일이냐' 라는 쌀쌀한 대답이었다.

도수는 어머니가 돌아가셨다고 말했다.

그러자 큰 아버지와 작은 아버지는 그거 참 안 됐구나, 라고 말을 하고는 바쁜 일이 있어서 참석을 하지 못할 것 같아 미안하다고 하였다. 통장 번호를 불러 주면 조의금을 내겠다는 말도 덧붙여서.

도수는 알겠다고 하면서 전화를 끊었다.

통장 번호는 불러 주지 않았다. 거지도 아니고 그렇게까지 해서 돈을 받고 싶지는 않았다.

그가 바란 것은 큰 것이 아니었다.

아버지의 형제분들로서 최소한의 도리는 지키기를 바랄
뿐이었다.

작은 희망은 이뤄지지 않았다.

그래, 그들과는 아버지가 돌아가셨을 때 연이 끊긴 거다.

과거 아버지의 사업이 부도가 나고 모든 물건들이 은행에
넘어갔을 때 가족을 도와주는 사람은 아무도 없었다.

하다못해 같은 뱃속에서 나온 아버지의 형님과 동생마저
그들을 외면했다.

보증은 설 수 없으니 차라리 돈을 빌려 주겠다, 라는 말
이라도 했더라면 그렇게 서럽지 않았을 것이다.

큰 아버지도, 작은 아버지도 돈이 한 푼도 없다면서 말로
는 미안해했다.

염치없지만 사촌들 시집갈 돈이나 장가갈 돈 좀 있으면
그거라도 빌려 달라고 아버지는 눈물을 흘리며 사정을 했다.

자신의 모든 자존심을 버렸으리라.

사업을 살리기 위해서 돈을 빌려 달라는 말이 아니었다.
어차피 망한 사업, 아버지도 미련을 거뒀다. 단지, 어머니
와 고등학생이었던 도수와 도영이 살 작은 전셋집이라도 마
련하기 위해서였다.

아버지는 형님과 동생이 어느 정도의 자금을 빌려 주리라
믿어 의심치 않았다.

한참 사업이 잘될 당시 아버지는 그들에게 많은 혜택을 주었다.

사촌 형제들 대학 등록금을 내준 적도 있었고, 고급 가전 제품과 가구들을 척척 선물했다.

심심치 않게 돈도 빌리러 왔지만 아버지는 싫은 내색 하나 없이 그들의 부탁을 모두 들어주었다.

하지만 형체들은 그것을 망각했다.

손사래를 치며 외면했다.

큰 아버지가 부자는 아니다.

그렇다고 가난하지도 않았다.

큰아버지 내외와 도수보다 네 살 많은 사촌형과 두 살 많은 사촌 누나가 사는 집은 46평 아파트, 시가로 8억에 달했다.

당시 사촌 형은 21살이었는데 서울에 있는 대학에 합격한 기념으로 큰 아버지께서 중형 SUV를 사 주셨다.

먹고 살기 힘들다고 입에 달고 살지만 중산층 이상은 분명이 된다.

후에 안 사실이지만 아버지의 사업이 부도나고 난 일 년 후 사촌 형이 결혼할 당시 3억에 달하는 24평 아파트를 혼수로 해 주었다고 한다.

작은 아버지도 마찬가지였다.

작은 아버지는 소규모의 김치 공장을 경영했다.

워낙 경기가 침체되다 보니 공장이 위험할 때가 한두 번이 아니었다. 그럴 때마다 아버지는 힘을 내라면서 거금을 건네주셨다.

"명식아, 걱정 마라. 형도 있고, 큰 형도 있잖아. 그렇게 풀 죽어 있지 말고. 조금만 더 힘내. 형들이 힘이 닿는 데까지 도와줄 테니까."

그 덕분인지, 아니면 작은 아버지의 수완이 좋아서인지 모르지만 공장은 날로 번창하여 지금은 일 년 매출이 100억이 넘는 튼실한 중견 기업으로 성장했다.

TV에도 나올 정도로 유명세를 타서 사업은 날로 번창하고 있었다.

그렇지만 작은 아버지는 자신이 어렵고 힘들었던 때를 머릿속에서 지우개로 지워 버렸다.

그의 능력만으로 그 자리에 올랐다고 착각을 하고 있었다. 심지어 돈을 빌리러 간 아버지에게 설교까지 했다고 한다.

"작은 형, 도대체 일을 어떻게 처리해서 이 지경까지 된 거요, 비자금이라도 만들었소? 나를 봐요. 무리하지 않고 일처리를 하니까 여기까지 왔잖소. 좀 보고 배우지 그랬소. 그나저나 나도 돈 없소. 자금이 꽉 막혀서 갑자기 회사가 어려워졌어요. 미안해요, 작은 형."

아버지의 마음이 어떠하였을지 짐작도 가지 않았다.

아마도 슬프고, 괴롭고, 창피하고, 죽고 싶지 않았을까.

결국 모든 것이 물거품처럼 사라지고 네 명의 식구는 길

바닥에 내몰리고 말았다.

소신 있게 살아왔다고 자부하던 아버지.

인정에 약해 남들에게 남들의 부탁을 거절 못하는 것이 흠이라면 흠이지만 반대급부로 신망도 높았다.

하지만 사업 실패라는 먹구름은 모든 것을 아버지의 곁에서 떠나게 만들었다.

아부하고, 입안에 혀처럼 굴던 사람들은 뒤도 돌아보지 않고 아버지를 버렸다.

친구들이야 가끔 소주 한 잔 하자면서 전화를 했지만 예전과 같은 사이로 돌아갈 수는 없었다.

아버지는 몇 번이나 재기하기 위해 몸부림을 쳤지만 다시는 예전으로 돌아가지 못했다.

그리고 절망과 함께 찾아온 것은 극심한 우울증이었다. 아버지는 매일 같이 술에 젖어 살았고, 술이 없으면 하루도 버티지 못했다.

그러던 어느 날 아버지는 사라졌다.

일주일 뒤 걸려 온 전화 한 통.

남은 가족은 그 한 통의 전화에서 소름이 돋는 불길함을 느꼈다.

심장이 입 밖으로 튀어나올 것처럼 뛰었고, 등줄기에서는 식은땀이 흘러내렸다.

어쩐지 받고 싶지 않은 전화였다.

도영과 어머니가 망설였다.

"내가 받을게."

도수는 걸려 온 전화를 받았다.

불길한 느낌은 어김없이 들어맞는다고 했던가.

걸려 온 전화는 한강에서 아버지가 발견되었다는 경찰의 담담한 목소리였다.

어머니는 그 자리에서 주저앉았다.

아버지의 사인은 자살이었다.

어머니는 삼일장을 치르는 내내 반쯤 얼이 빠져 있는 것처럼 보였다. 누가 말을 시켜도 제대로 듣지 못했으며, 울지도 않았다.

그저 멍하니 아버지의 영정 사진만 바라볼 뿐이었다.

하지만 삼일장이 지나자 무슨 일이 있었냐는 듯이 벌떡 일어났다.

"아들들아, 정신 똑바로 차리자. 너희들은 아직 고등학생이야, 학생은 공부를 해야 돼. 나머지는 엄마한테 맡겨."

여자는 약하지만, 어머니는 강하다고 했던가.

평생 곱게 살아오셨던 어머니.

처녀 적에 잠시 은행에 다닌 적이 있었지만 아버지와 결혼 후 우리들을 키우는 데만 전념하셨다.

그럼에도 어머니는 무작정 일자리를 찾아 나서셨고, 어렵게나마 직장을 구했다.

월 150만 원도 되지 않는 돈으로 도수와 도영을 키워, 도수는 대학까지 보냈다.

그 돈을 아껴 아버지가 남긴 빚의 절반 가까이 갚았다.

그런 어머니.

도수에게는 둘도 없는 소중한 어머니.

아버지가 돌아가셨을 때.

당시에는 너무 어렸다. 그런 복잡한 사정이 있는지 알지 못했다.

처음에는 하루아침에 풍부하던 지갑이 얇아지자 짜증도 났다.

힘들게 살고 계신 어머니에게 화도 냈었다.

어머니는 쓸쓸한 표정을 지으며 오천 원짜리 지폐 한 장을 그의 지갑에 넣어 주었다. 아마도 어머니의 점심 식사값이었던 것 같다. 그것도 모르고 왜 이것밖에 안 주냐고 투덜거리며 학교에 갔다.

지금 생각하면 참으로 철이 없는 행동들.

어머니가 돌아가시고 나서야 후회가 된다.

왜 그랬을까. 왜 그렇게 못되게 굴었을까.

이제 와서 후회를 하면 무엇을 할까. 어머니에게 효도다운 효도 한 번 하지 못하고 후회하면 무엇이 되냔 말이다.

가슴에 대못이 박힌 것 같다.

아니, 차라리 대못이라도 박혔으면, 가슴이 열려 하늘을 나는 새들이 심장이라도 쪼아 먹어 그에게 고통을 준다면……
기꺼이 감수할 수가 있을 것 같았다.

＊　　＊　　＊

도수는 어머니와 도영이 살고 있던 봉천동의 집을 찾았다.

방 두 개의 욕실 하나가 있는 다가구 주택의 전셋집.

욕실도 없는 단칸방에서 일가족이 살던 때에 비해서 궁전이라고 할 수 있었다.

어머니는 이곳으로 이사할 때 큰 희망을 가졌을 터였다. 아이들의 방이 생기고, 거실이 다시 생겼고, 언젠가 아이들이 늠름하게 장성하여 각자의 가정을 만들고, 새끼들을 낳고, 할머니라 불리는 그날을 꿈꿨을지도.

그는 열쇠로 문을 열었다.

끼이익―

철문이 반기지 않는 소리를 내며 열린다.

이곳은 아무도 사는 사람이 없다는 말을 돌려서 하는 듯했다. 문을 열자 안쪽에는 아무것도 보이지가 않는 어둠이었다.

반 지하라 그런지 해가 지자 더욱 어둡게 느껴졌다.

온기라고는 찾아볼 수가 없었다. 밖보다 오히려 냉기가 풀풀 풍기는 것처럼 느껴졌다.

딸깍.

불을 켜자 내부가 환해졌다. 익숙한 내부가 눈에 들어왔다.

중고로 산 중소형 냉장고와 두 명이 앉을 수 있는 작은 식탁, 그 위에는 어머니가 즐겨 듣던 라디오가 놓여 있었다.

밥통을 열자 언제 지었는지 모를 쌀밥이 그를 반겼다. 어머니가 사고를 당하기 전이니 적어도 나흘 이상은 지났을 것이다.

도수는 밥을 퍼서 밥그릇에 담았다.

냉장고를 열어 보았다.

김치 몇 종류와 계란 다섯 개 그리고 도수가 좋아하는 갈비가 양념에 재 있었다.

일요일에 그가 집에 들른다고 했으니 어머니가 큰마음을 먹고 갈비를 잰 모양이었다.

가스레인지 위에 놓여 있는 미역국은 쉬어서 역한 냄새가 났다.

도수는 갈비를 구웠다.

미역국도 데운 다음 그릇에 담았다.

그는 작은 탁자에 앉았다. 팔다리가 길어서 조금은 불편해 보였다.

도수는 음식을 입안으로 꾸역꾸역 밀어 넣었다.

"우욱!"

미역국의 역한 냄새 때문에 쓴 물이 올라왔지만……

어머니가 해 놓으신 마지막 음식이다. 죽어도 그냥 버릴 수는 없었다.

먹고 탈이 난다고 하더라도 좋다. 위장에 구멍이 나더라도 장이 뒤틀려서 119에 실려 가더라도 이 음식만큼은 절대로 버릴 수 없었다.

어머니가 해 주신 음식이니까.

맛있는지 맛없는지도 도수는 느끼지 못했다.

아니, 그 어떤 음식보다 정겹다고 느껴졌다.

그저 다시 한 번 어머니가 해 주신 따뜻한 밥을 먹고 싶을 뿐이었다.

비록 누룽지처럼 딱딱하게 굳어 버린 밥이지만, 그에게는 최후의 만찬과 다를 바가 없었다.

"엄마…… 엄마."

입에서 밥풀이 튀어나왔지만 도수는 떨어진 밥풀도 주워서 입으로 가져갔다.

다시 한 번 어머니를 불렀다.

대답이 없었다. 아무리 불러도 어머니의 응답이 없을 것이라는 알면서도 계속해서 불러 본다.

"엄마…… 엄마."

아직 눈물이 마르지 않았던가.

다시금 왈칵 쏟아졌다. 그의 눈물이 턱을 타고 흘러내려 쉬어 버린 미역국 위로 떨어졌다.

"엄마……."

그는 아이처럼 운다. 아이처럼 엉엉 울어도, 보듬어 줄 어머니는 나타나지 않는다.

도수는 음식을 깨끗하게 처리한 후 설거지를 했다.

설거지를 하면서 살인자에 대한 분노가 동시에 솟아올랐다.

놈은 삼일장이 끝날 때까지 끝까지 나타나지 않았다. 현우라는 보험 설계사가 다시 한 번 찾아와 천만 원에 합의를 하자고 말을 했을 뿐.

그는 큰 선심을 쓴다는 것처럼 고개를 빳빳하게 들고 말했다.

도수는 왜 살인이 일어나는지 알 것 같았다.

보험 설계사가 자리를 뜨지 않았다면 식칼로 놈의 목을 찌를 뻔했으니까.

술이 간절하게 생각났지만 마시지 않기로 했다. 지금부터는 항상 머리를 맑게 해야만 한다.

맑은 정신으로 놈과 대면하겠다.

그리고 놈에게 물을 것이다.

정말로 어머니가 무단횡단을 했냐고.

너는 과속을 하지 않았냐고.

아니, 술을 마시지 않았냐고.

왜 사고를 내고 바로 경찰서에 출두하지 않고 이틀이나 지난 다음에 경찰서에 나타났냐고. 그 이유를 납득할 수 있게 설명을 하라고.

설거지를 마치고 안방에 자리를 깔았다. 어머니가 몇 년 간 지내던 곳이다.

아버지가 사업을 하실 때는 침대에서 생활하셨지만 돌아가신 이후로는 한 번도 호사를 누린 적이 없었다.

그냥 이불을 깔고 머리를 누이고는 잠만 자셨다. 불편하다는 소리는 아들들에게 한 적이 없었다.

눕고 나니 바닥이 딱딱한 느낌이 들었다. 베게의 들어 있던 작은 플라스틱이 거의 빠져 푹 꺼진다. 머리가 바닥에 닿는 것 같았다.

굉장히 불편하다.

이런 베개인데도 한 푼 더 아끼겠다고 아무런 말을 하지 않으셨다.

그래도 내일을 위해서 잠을 자둬야 했다. 삼일장을 치르는 동안 한숨도 눈을 붙인 적이 없었다.

내일부터는 맑은 정신으로 놈을 찾아야 한다.

자리에 누운 도수는 새카맣게 회오리치고 있는 머릿속을 정리했다.

왜 어머니는 늦은 밤에 그런 외진 곳까지 갔냐는 것이다.

그리고 동생은 갑자기 어디로 사라졌을까. 설마 동생과 어머니 죽음에 연관돼 있는 것이 아닐까.

도수는 급히 고개를 흔들었다.

그것은 아니다.

20년이 넘는 세월 동안 동생은 부모님의 속을 한 번도 썩인 적이 없었다.

도수는 학교에서 튀지 않았다. 내성적이기에 친구들도 별로 없었으며 혼자서 노는 것을 좋아했다.

하지만 도영은 그렇지 않았다.

성격 자체가 선천적으로 활달했다.

언제나 차분했고 공부도 잘했다. 농구면 농구, 배구면 배구 못하는 운동도 없었다.

학교 선생들이 모두 좋아하는 착실하고, 공부 잘하며 운동신경도 뛰어난 학생회장과 같은 타입이었다. 리더십도 강하여 아이들도 꽤나 그를 따랐다.

고등학교 1학년 때부터 3학년 때까지 반장을 도맡아서 했을 정도였다.

누구와 싸우는 것도 싫어했고, 누구에게 빚을 지는 것도 싫어했다.

그런 도영이 대학을 포기하고 요리사의 길을 택했다. 공부를 못했던 도수가 대학을 갔으니 조금은 아이러니한 일이 아닐 수 없었다.

어쩌면 동생은 힘든 가정 형편으로 대학을 포기했는지도 모른다.

도수는 가끔 생각했다. 자신보다 도영이 형으로 태어났어야 한다고.

철이 없었던 자신보다 도영이 훨씬 어른스럽다는 것을 그도 종종 느꼈다.

"너희 형제는 같은 뱃속에서 나왔는데 어찌 그리도 다르냐."

어머니가 도수와 도영을 보면서 하던 말이었다.

그런 도영이 어머니께 해를 끼칠 리 없다.

그렇다면 도영은 어디로 사라진 것일까.

아무리 생각을 해도 답이 나오지 않았다.

한참을 골똘하게 생각하던 도수의 머릿속에 수마가 찾아왔다. 수마는 그가 알아차리지도 못하게 뇌리에 깊숙하게 잠입했다.

도수의 눈꺼풀이 감기며 깊은 잠에 빠져들었다.

삼 일간 잠을 자지 못했기 때문인지 도수는 자신이 언제 잠들었는지도 알아차리지 못했다.

도수는 남은 빚을 갚기 위해 군대를 다녀온 후 노가다 판으로 뛰어들었다. 군대에서 배운 전기 공사가 쓸모 있는지 꽤 높은 일당을 받았다.

딱 2년만 고생하면 대부분의 빚을 갚을 수 있기에 도수는 이를 악물었다.

아직 젊다.

빚을 갚고 어머니를 편하게 모신 후 복학은 그다음에 하면 된다.

군대라는 놈은 참 희한하다.

군대 가기 전까지만 하더라도 철이 덜 들었던 그. 그러나 군대에서 힘들게 지내며 많은 생각을 하게 됐다.

더 이상 어머니를 힘들게 하지 말자, 자신이 장남이다.

언제까지고 어머니와 동생에게 짐을 맡겨 놓고 있을 수는 없다.

그는 제대를 하자마자 공사판에 취직을 하고, 나이와 경력에 비해서 나름 짭짤한 소득을 올리고 있었다.

그러던 중 희소식이 들려왔다.

대학을 가는 대신 특기를 선택했던 도영이 작은 분식집을 개업한다는 것이었다.

도수는 쉬는 날에 맞춰 도영이 개업한 분식집을 찾았다. 작고 아담한 크기의 분식집이었다.

4인용 탁자가 네 개, 분식집으로 들어오는 현관 옆에서 떡볶이와 튀김, 순대, 어묵을 팔았다.

본래 중년의 아줌마가 하던 분식집이지만 도영이 약간의 웃돈을 얹어 주고 얻은 곳이라 하였다.

새롭게 벽지를 칠하고 바닥과 벽에는 깔끔하게 타일을 붙였다.

어떻게 했는지 꽃 모양의 타일이 벽에 그려져 있었다.

분식집 안에 있자니 신선한 기분이 들었다.

이곳에서부터 가족이 다시 시작하는구나, 라는 희망도 부풀었다.

그동안 고생이 많았던 어머니는 자신도 모르게 흘러내리는 눈물을 손수건으로 찍어 내셨다.

"장하다, 자식."

"뭘, 모두 엄마와 형 덕분이지."

여름에는 팥빙수도 팔 계획이라고 하였다. 맛은 거기서 거기였지만, 떡볶이와 어묵에 찍어 먹는 소스는 다른 곳과 맛이 확실히 달랐다.

"심혈을 기울여서 만든 거야. 반년이나 고생했다고."

"장하다. 짜식, 꼭 대박 날 거다."

"당연하지. 이제 도영 분식 2호점, 3호점도 낼 거란 말씀이야."

"생각만 해도 행복하다. 그런데 꽤 돈이 많이 들었을 텐데…… 어떻게 마련한 거야? 네 월급 가지고는 충당 못했을 텐데."

"좀 빌렸지 뭐."

"어디서?"

"은행에서 빌렸어."

"그래, 잘했다. 1금융이지?"

"그럼. 2금융으로 내려가면 얼마나 이자가 비싼데."

순간 도수는 눈을 번쩍 떴다.

꿈에서 나눈 대화지만 현실에서 그대로 대화를 했던 적이 있었다.

그러나 그 기억은 바다 속보다 깊은 잠재의식 속에 숨겨두고 있었다.

꿈이 아니었다면 어지간해서는 기억해 내지 못했을 것이다.

돈과 연관이 되어 있을까.

꿈에서의 대화가 생각이 나자 그쪽으로 강하게 느낌이 이끌렸다.

자리를 박차고 일어난 도수는 어머니의 통장을 찾았다. 어머니는 통장을 화장대 거울 밑에 항상 놔두는 것을 알고 있었다.

도장도 화장대 가장 위 장에 있어 찾기가 쉬웠다.

아마도 어머니는 아들들이 찾기 쉽도록 그렇게 놓은 듯싶었다.

통장은 네 개가 있었다.

하나는 일반 통장, 다른 하나는 주택 청약 통장, 나머지 두 개는 도수와 도영으로 된 적금이었다. 본인을 위한 통장은 없었다.

노후를 대비한 어떤 것도 보이지 않았다.

적금은 매달 15만 원씩 형제의 이름으로 부어지고 있었다.

없는 살림에 삼십만 원이란 꽤나 큰돈이다.

당신이 안 먹고 안 드시며 악착같이 아들들을 위해서 돈을 모으고 있는 모습이 떠올라 도수는 눈시울이 붉어졌다.

그런데 이상한 것이 발견됐다.

주택 청약 통장에서 거금이 빠져나간 것이다. 자그마치 3500만 원.

통장에서 빠져나간 돈은 사고가 나기 바로 전날.

이 큰돈이 어머니는 왜 필요했을까.

도수는 작은 방으로 가서 도영의 책상을 뒤졌다.

책상 위에는 요리에 관련된 책이 **빽빽하게** 꽂혀 있었다. 얼마나 많이 봤는지 책 모서리 부분은 새카맣다.

책상 밑에는 산 지 족히 10년은 될 법한 오래된 컴퓨터가 있고, 성격을 반영하듯 대체로 깔끔하게 정리가 돼 있다.

첫 번째 서랍은 각종 영수증과 볼펜을 정리해 두었고 두 번째 서랍에는 그동안 가족들이 찍은 빛바랜 사진이 덩그러니 놓여 있었다.

아버지와 어머니가 매우 젊었다.

30대 초반이었던 것 같다.

도영과 도수는 아버지와 어머니의 무릎밖에 오지 않을 정도로 작았다.

자신이 이렇게 작았던 적이 있었구나, 생각이 들었다.

마지막 서랍은 작은 자물쇠로 잠겨 있었다.

도수의 힘으로 자물쇠를 열 수가 없자 망치를 가지고 와서 문고리를 부러트렸다.

그런 후에야 서랍을 열 수가 있었다.

서랍 안에 통장이 보인다.

통장은 다섯 개가 넘었다.

도수는 아무 통장이나 집어서 내용을 살폈다.

캐시 콜 450 입금.

로얄 캐피탈 890 입금.

현수 캐피탈 1000 입금.

이와머니 500 입금 등등.

대충 헤아려 봐도 도영이 상당한 금액을 끌어다 썼다는 것을 알 수 있었다.

그는 종이를 가지고 와서 볼펜으로 적으며 날짜 별로 분류를 하기 시작했다.

처음 빌린 날짜는 1년 6개월 전. 분식집을 열기 한 달 전이었다.

도영의 말대로 빌린 곳은 1금융권인 국영 은행이었다.

대출금은 800만 원. 여기까지는 별문제가 없었다.

그러나 석 달 뒤 다른 1금융권인 한셈 은행에서 500만 원이라는 돈을 더 대출 받았다.

그리고 다시 450만 원.

반년이 지나자 2금융권에서부터 대출을 받기 시작했다. 돈을 빌리고 갚는 악순환으로 빠져든 셈이다.

전형적인 돌려 막기였다.

돈을 갚고 나니 한숨은 돌리지만, 더 큰 이자가 늘어나고 다시 다른 금융권에서 대출금을 빌릴 수밖에 없었다.

한 달하고 보름 전 마지막으로 찍힌 대출금은 자그마치 2억에 가까웠다.

이자로 빠져나간 돈만 1200만 원이다.

도수는 자신도 모르게 '헉' 소리를 내고 말았다. 도대체 어떤 이자를 쓰게 되면 이렇게나 큰 액수가 빠져나가는지

놀랍기만 했다.

법정 이자는 확실하게 넘는다.

이 정도의 거금이라면 자신이 삼 년 동안 숨만 쉬고 밥만 먹으면서 돈을 벌어야만 간신히 갚을 수가 있는 금액이었다.

그런데 조금 이상한 점이 눈에 띤다.

통장 중간중간에 '전주 이도수', '광복절'이라는 이름으로 거액의 돈이 입금이 된 것이다.

그런데 웃긴 것은 입금은 됐는데 갚은 돈은 없었다.

그리고 한 달 뒤 도영은 천만 원 이상이 불어난 돈을 제2금융에서 대출받았다.

마지막에 찍힌 '광태'라는 이름도 마찬가지였다. 광태라는 이름으로 입금이 된 돈은 1억 8천만 원.

갚은 기록이 보이지가 않았다.

구린내가 물씬 풍겼다.

도영에게 무슨 일이 벌어졌다는 것만큼은 확실했다.

이럴 놈이 아닌데.

도대체 왜 이런 큰 거금을 끌어다 쓴 거지.

도수는 의아할 수밖에 없었다. 한 뱃속에서 태어나 20년을 넘게 같이 살아온 동생의 행위라고는 도저히 믿을 수가 없었다.

그가 아는 동생은 절대로 이런 일을 하지 않는다.

자신이 모르는 무엇인가 또 있을 것만 같은 불길한 느낌이 들었다.

자리에서 일어난 도수는 샤워를 한 후 양복으로 챙겨 입었다.

그는 일단 은행으로 가 보기로 했다. 통장만으로는 정확한 정보를 알 수가 없었다.

통장 거래 내용을 모두 파악한 후 전후 사정을 유추할 작정이었다.

오늘은 꽤나 긴 하루가 될 것 같았다.

*　　*　　*

도수는 은행에서 대출 내용을 확인한 후 강남역의 한 카페에서 도영의 친구 중에 한 명인 호일을 만나기로 약속을 잡았다.

호일은 도영의 고등학교 친구였다.

도수가 알기로 도영은 가장 친하다고 할 수 있는 세 명의 고등학교 친구가 있었다.

호일, 상준, 영수.

이 세 명은 종종 어머니께 안부 전화를 걸 정도로 돈독한 사이였다.

도수도 그들을 잘 알고 있었다.

형님, 술 한 잔 사 주세요, 라고 말을 할 때가 엊그제 같았다.

도영이 대학을 가지 않고 직업을 선택했을 때도 가족 못지않게 물심양면으로 도와주던 친구로 기억을 한다.

가족들에게 이야기를 하지 못한 일을 친구들에게 무심결에 말을 할 수가 있을 것이라 여긴 도수는 도영의 수첩을 뒤져 호일의 전화번호를 알아낼 수가 있었다.

어머니 일도 중요하지만 도영의 일도 그 못지않게 중요했다.

도영에게 무슨 일이 있었다면 친구들에게 어떤 말이든 했을 것이다.

하다못해 술이라도 한잔하면서 무심결에 자신의 상황을 털어놓을 수도 있는 일이다.

카페에 들어섰을 때 호일은 이미 와 있었다.

호일은 물을 마시고 있었다.

둘의 눈이 마주쳤다. 그는 주섬주섬 일어나 도수에게 고개를 까닥여서 인사를 했다.

조금은 버릇이 없게 보였지만 예전부터 알아 왔으니 그러려니 했다.

"앉자."

도수는 무미건조하고 텁텁한 목소리로 호일에게 말했다. 호일은 고개를 끄덕이고는 의자에 앉았다. 그의 안색의 그다지 좋아 보이지 않았다.

조금은 불쾌한 것처럼도, 짜증이 난 것처럼도, 아니, 화가 난 것처럼도 보였다.

눈동자에 시선이 분산되었으며 자꾸만 주위를 두리번거렸

다. 엉덩이도 불편한지 자꾸 자세를 바꾼다.

뺨으로는 식은땀이 흘러 탁자 위에 떨어졌다.

"왜 이리 땀을 흘려? 몸이 안 좋아?"

"아, 아니요."

호일은 급히 고개를 가로저었다. 그는 물잔 옆에 있던 휴지로 땀을 닦아 냈다.

"그런데 무슨 일로?"

"어머니가 돌아가셨어."

"네? 아니, 저번에 봤을 때도 정정하셨는데, 갑자기 왜……."

호일은 매우 놀란 표정을 지었다.

정말로 몰랐다는 얼굴로 무슨 일이 있었냐고 물었다.

도수는 짧고 간단하게 사건에 대해서 설명을 해 주었다.

사실 굳이 그에게 설명을 해 줄 필요는 느끼지 못했지만 솔직한 이야기를 듣기 조금 더 좋을 거 같아 말했다.

고개를 끄덕인 호일이 입을 열었다.

"도영이 빚을 진 것으로 알고 있습니다…… 얼마인지는 모르지만."

"그것뿐이야?"

"네, 그것뿐입니다."

"혹시 도영이 이상한 말은 한 적은 없었어?"

"글쎄요, 도영이가 자신의 사정을 잘 털어놓지 않아서요. 간혹 얼굴색이 안 좋기는 했지만 분식점 일이 피곤해서 그런가 보다 했습니다."

"언제부터 안색이 안 좋았지?"

"며, 몇 달 된 것 같습니다."

"몇 달이라."

도수는 호일의 눈을 뚫어지게 쳐다봤다. 그의 시선을 받아 내지 못한 호일은 더욱 몸을 움츠렸다.

갈증이 나는지 떨리는 손으로 물 잔을 잡아서 벌컥벌컥 마셨다.

왜 저렇게 주의가 산만한지 알 수가 없었다.

어디서 술이라도 마시고 온 것처럼 보였다.

그가 너무 산만하니 대화에 집중을 할 수가 없었다. 일부러 말을 돌리는 것처럼 들린다.

"마지막으로 본 게 언제야?"

"몇 달 됐습니다."

"통화는?"

"보름 정도 됐습니다."

"내용을 알 수 있나?"

"도영이의 목소리가 많이 안 좋았습니다. 몇 달 전에 볼 때까지만 하더라도 그 정도는 아니었는데 말입니다. 도영이는 어렵게 말을 꺼냈습니다, 돈 좀 빌려 달라고요. 하지만 저도 이제 막 전문대를 졸업하고 취업을 한 상태라 모아 둔 돈이 하나도 없었습니다. 미안하다고 했지요. 도영이는 알았다고, 미안하다고 하면서 전화를 끊었습니다."

"그게 다야? 채무가 얼마인지, 지금 하는 일은 어렵다고 하든지, 죽고 싶다든지. 아무런 말은 없었어?"

"네, 그런 말은 듣지 못했습니다."

"음……."

도수는 잠시 턱을 매만졌다.

며칠 동안 깎지 않은 까칠한 수염이 매만져졌다. 도수가 다시 물었다.

"도영이가 없어진 것은 알고 있나?"

"도영이가 없어져요?"

호일은 새삼 놀랐다는 표정으로 토끼 눈을 만들며 도수에게 되물었다.

"그래. 사라진 지 열흘쯤 됐어."

"빚이 많아서인가요?"

"아직 몰라, 그래서 직접 찾아다니는 거고."

"음……."

호일은 얕은 신음을 흘렸다. 그런 호일을 도수는 세포를 관찰하는 현미경처럼 낱낱이 살폈다.

호일의 행동이 의심쩍었다.

물론 자신의 신경이 날카로워서 그렇게 보일 수가 있었다. 그럼에도 그의 행동이 어딘가 미심쩍었다.

콕 찍어서 말을 할 수 없지만 뭔가 숨긴다는 느낌이 강하게 들었다.

자신을 보기 전부터 식은땀을 흘리는 것도 이상했고, 눈동자의 초점이 맞지 않는 것은 더더욱 수상했다.

"상준이랑 영수 연락처 좀 줘 봐."

"걔, 걔들은 왜요?"

"도영이와 무슨 이야기를 했는지 알고 싶어서 그래."

"상준이는 연락이 안 된 지 꽤 됐어요. 전호번호를 아예 바꿨는지 통화가 되지 않아요. 영수는 전화벨만 울리고 받지를 않고요."

"그래?"

"네, 네."

"그럼 영수 전화번호라도 줘 봐."

"알겠습니다."

호일은 보기에도 안쓰러울 정도로 땀을 계속해서 흘렸다. 10월 중순이기에 덥지는 않았다. 에어컨을 켠 가게도 없었고, 밤에는 조금 두터운 이불을 덮고 자야 할 정도로 기온이 내려갔다.

호일이 이토록 땀을 흘릴 이유는 하나도 없었다. 그렇기에 도수는 의뭉스러움을 거둘 수가 없었다.

그는 품에서 꺼낸 쪽지에 영수 전화번호를 적어 도수에게 넘겼다.

"만약 상준에게 연락이 오면 내가 보자고, 꼭 좀 전해 줘. 혹여 도영이에게 어떤 식으로 연락이 오면 나에게 연락을 하고."

"알겠습니다."

"꼭이다."

"걱정하지 마십시오."

"그래, 가 봐. 여기는 내가 계산하지."

고개를 끄덕인 호일은 허둥지둥 밖으로 나갔다.

정장 안으로 입은 와이셔츠가 물에 삶은 듯 푹 젖어 있을 것이다.

그의 등을 매의 눈으로 노려보던 도수가 자리에서 일어났다.

도수는 만 원짜리 지폐를 카운터에 던져 놓고 밖으로 나왔다.

저만치 호일이 걸어가고 있었다.

그는 담배를 입에 물고 불을 붙인 후 주변을 돌아봤다. 도수는 급히 그의 시선에서 벗어났다.

호일은 빠른 걸음으로 걸으면서 전화기를 꺼내고는 어디론가 전화를 건다. 단축 번호를 누르는 것으로 봐서 멀지 않은 사이로 보였다.

그는 다시 뒤를 돌아서 주위를 살폈다. 범죄자도 아니고 저렇게 많이 주위를 살피는 것이 이상했다.

도수는 살짝 고개를 밑으로 숙였다.

점심시간에 강남대로 한복판.

사람들이 꽤나 붐빈다. 어지간한 눈썰미가 있는 사람이 아니라면 찾아내기가 힘들 것이다.

두리번거릴 때 누군가 자신을 찾는다는 느낌보다는 불안에서 벗어나려는 자기 방어적인 행위가 강해 보였다.

도수는 귀를 기울였다.

얼마 되지 않는 거리지만 그의 말이 전혀 들리지 않는다.

온갖 소음이 도수의 청력을 어지럽혔다.

무슨 말을 하는지 도수는 궁금해졌다.

조금은 위험을 감수하기로 했다.

최대한 가깝게 붙는다. 눈치를 챌 수도 있지만 대충 얼버무릴 생각이다. 다급하게 끊는다면 자신이 들어서는 안 될 내용이겠지.

도수는 인파를 무리 없이 헤치고 앞으로 나아갔다.

마주 보고 오는 사람들이 도수와 어깨를 부딪친다. 어깨가 부딪친 사람들은 온갖 인상을 찌푸렸다. 그들을 향해 도수는 고개를 숙여 사과했다.

그러나 눈동자는 호일을 놓치지 않고 있었다. 그는 최대한 조심스럽게 호일에게 다가갔다.

이곳이 한가한 거리였다면 호일을 대번에 눈치를 챘을지도 모르지만 지금은 그렇지 않았다.

오가는 사람들로 북적거리고 주변의 사람들이 무엇을 하는지도 시선이 가지 않을 정도였다.

도수는 호일의 바로 뒤까지 접근했다.

호일과 그 사이에는 정장을 입은 한 사내만이 껴 있을 뿐이었다.

그렇다고 도수의 큰 키가 가려지지는 않는다. 여기서 호일이 뒤를 돌아본다면 여지없이 들키고 말 것이다. 그럼 어떤 표정을 지어야 할까.

그것은 들킨 후에 생각해 볼 문제다.

호일의 목소리가 어렴풋이 들린다.

이 정도로 가까운 거리지만 호일의 말은 거의 들리지 않았다. 최대한 귀를 열었다.

"씨발…… 도영의 형이…… 상준이…… 전화 좀…… 잘못됐으면…… 꼭 전화……."

약 2분간의 통화.

그동안 알아들을 수 있는 단어는 겨우 이 정도였다.

도수는 자리에 서서 호일이 말한 단어들을 조합해 보았다.

통화한 자는 영수로 생각이 된다. 상준이와는 그의 말대로 연락이 되지 않는 모양이다.

대체로 평범한 말이지만 귀에 거슬리는 단어가 있었다. '잘못됐다면' 이라는 단어.

그것이 무엇을 의미하는 것일까.

어머니가 잘못됐다는 말을 했던 것일까, 아니면 도영이 잘못되었다는 말을 했던 것일까.

그것도 아니라면 일이 잘못되었다는 뜻일까.

아무리 생각해도 한 단어 가지고는 정확한 내용을 추측하기 어려웠다.

"음."

머리가 아픈지 도수는 큼직한 엄지손가락으로 관자놀이를 눌렀다.

정보가 너무 적었다.

그리고 어머니가 외진 곳으로 간 이유와 도영의 실종에 대해서 어떤 연관성도 찾지 못했다.

머릿속은 복잡한데 짙은 안개 속을 헤매는 느낌이었다. 사방은 낭떠러지고 홀로 그 속에 있는 것 같았다.

"하지만……."

도수는 주먹을 꽉 쥐었다. 분명 안개가 걷히면 그림이 보일 것이다.

그때까지 하나씩 퍼즐을 맞춰 나가면 된다.

2.

무자비한 도시

CITY OF
WILD BEAST

도수는 행주 대교 근처에 나와 있었다.

그곳은 김포 공항과 일산, 고양시, 강화로 들어가는 방향이 겹치는 곳으로 통행량은 많지만 인적은 극히 드문 곳이기도 했다.

하지만 이곳도 새벽이 되면 차량이 상당히 줄어든다.

도수는 어머니가 어느 쪽에서 어느 방향으로 갔는지 머릿속에서 그려 보았다.

어머니가 봉천동에서 이곳으로 온 시각은 대략 새벽 1시.

지하철은 끊겼고, 버스나 택시를 이용했을 것이다. 평상시의 성품으로 보아 버스를 이용했을 테지만, 사건이 벌어진 날만은 달랐다.

매우 급하게 이곳으로 왔다면 택시를 이용하셨을 것이다.

그 기사에게, 모든 것을 묻고 싶었다. 어머니의 대한 작은 증거라도 알고 있냐며.

하나 서울 시내 7만 대가 넘는 택시를 일일이 조사할 수는 없는 노릇이었다.

모두 조사를 한다면 수백 일이 걸릴지도 모를 일.

그사이 택시 운전사가 바뀔 수도 있었고.

여기서부터 모든 것을 차근차근 되짚어 봐야 한다.

누구를, 무엇을, 왜…… 모든 것을 알아야 한다.

행주 대교 근처에서 내린 어머니는 일산 방향을 향해 수백 미터 걸어갔다.

이쪽 길에 대해서 잘 모르는 어머니가 곧장 움직였다면 누군가의 지시가 있었을 가능성이 크다.

처음부터 그 방향으로 오라고 지시를 했든지, 핸드폰을 이용해서 지시를 했든지 두 가지 방법 중에 하나일 것이다.

도수는 말없이 그 방향을 향해서 걸었다.

그의 옆으로는 시속 80㎞가 넘을 정도로 차량들이 급하게 달리고 있었다.

자동차 전용 도로이기에 잘못하면 큰 사고가 날 수도 있지만 그는 개의치 않았다.

오히려 차량들이 놀아 급히 핸들을 꺾으며 그를 비켜 갔다.

대략 500m 정도를 내려가자 공단이 나왔다. 꽤나 큰 물류 창고 공단.

표지판으로 보아 예전부터 말이 많았던 아라뱃길이 근처에 있는 듯했다.

거의 모든 사람들이 퇴근을 했는지 넓은 도로에서는 개미 새끼 한 마리 보이지 않았다. 여의도는 밤이 되면 썰물이 빠지듯이 사람들이 사라진다.

가끔 그곳을 갈 때면 서늘한 느낌이 들 때도 종종 있었다. 그러나 이곳은 훨씬 더 심했다.

종종 자전거를 탄 사람들이 지나치는 것을 제외하면 유동 인구가 거의 없다고 봐도 된다.

도대체 어머니는 이곳까지 무엇을 하러 왔을까.

감도 잡히지 않았다.

그는 사고가 난 지점에 도착했다. 사람이 쓰러져 있다는 것을 표시한 흰 스프레이가 도로 위에 그려져 있었다.

도로 위에서 어머니가 피를 흘리며 쓰러져 있었다고 생각하니 피가 거꾸로 솟는 것 같았다.

어머니가 쓰러져 있던 곳은 희한하게도 깨끗했다. 그곳만 누군가 말끔하게 치워 놓은 것 같았다. 다른 곳에 비해 훨씬 깔끔했고, 밀려온 먼지 외에는 어떤 것도 찾아보기가 힘들었다.

하다못해 사고가 났을 당시 흘렸을 어머니의 피도 없었다.

도수의 꿈은 크지 않았다.

빚을 모두 갚고, 그동안 고생했던 어머니를 편하게 모시고 사는 것이다.

도영도 어느 정도 자리를 잡았다.

지긋지긋한 서울에서 벗어나 지방에 집을 짓고 싶었다. 1층은 어머니가 쓰실 큰 방과 거실, 부엌과 욕실, 2층은 자신과 도영이 쓸 것이다.

어머니가 심심하지 않게 소일거리를 하시라고 작은 텃밭이라도 만들 생각이다.

정자도 만들어 가을이면 가족들과 따뜻한 커피를 마시고 싶었다.

종종 친구들이 찾아오면 바비큐 파티도 열 것이다. 10년 후쯤이면 그와 도영도 결혼을 해서 자식들과 함께 바비큐를 구워 먹겠지.

아이들은 부모가 구워 주는 고기를 조잘거리는 입으로 잘도 받아먹을 것이다.

그런 여유작작한 생활도 나쁘지 않을 것이라 여겼다.

하지만 그런 도수의 작은 꿈이 산산조각이 나고 말았다.

천만 원을 줄 테니까 합의를 보자고?

정상적인 인간이라면 직접 찾아와서 사죄 먼저 해야 하는 것이 아닌가.

도수는 놈을 용서할 수가 없었다.

반드시 놈을 잡아서 어머니 영정 앞에 무릎을 꿇릴 생각이다.

도수는 주변을 훑어보았다.

신 시가지라고 하지만 이곳만 너무 깨끗한 것이 못내 마음에 걸린다.

분명 사고가 났다면 차량의 부서진 조각이라도 있을 터인데 그것도 없었다.

경찰에게 물어봤지만 그런 것은 없다고 하였다.

그런 일이 가능한가? 의아함이 먼저 일어났다.

도수의 시선에 잡힌 것은 딱 두 가지였다.

사람의 모습을 그린 흰색 스프레이 자국과 급히 브레이크를 잡은 흔적인 스키드 마크가 다였다.

나름 증거라면 증거지만 그것만으로 상대를 옭아맬 수는 없었다.

놈은 어머니를 친 후 어떤 식으로 행동했을까.

도수는 자신이 놈이라는 가정 하에 생각을 해 보았다.

술을 마셨다, 옆에 여자도 있다. 여자와 희희낙락거리다가 어머니를 보지 못하고 사고를 냈다.

사고를 낸 후 당황함을 느꼈을까, 아니면 아는 사람에게 전화를 걸어 어떤 식으로 행동해야 하냐며 지시를 받았을까.

단편적으로 드러난 놈의 행동으로 보아 굉장히 뱀과 같은 놈이라고 느껴진다.

그렇다면 사건 처리를 우선적으로 하고 동승자의 입을 막았을 것이다. 물론 동승자가 없을 수도 있다. 어디까지나 가정이니까.

그래도 있다고 가정을 하는 편이 옳았다.

놈이 이곳까지 올 이유는 하나도 없었다.

누군가와 드라이브를 하기 좋은 코스가 아닌가. 여자일 가능성이 상당히 높았다.

사고를 내고…….

사고를 내고 놈은 주변을 청소했다? 사람이 앞에서 죽어가는데? 그런 일이 가능할까?

만약 그렇다면…… 놈은 인간의 심장을 가지지 않았다.

놈은 죽어도 싼 개자식이다.

좋아, 놈이 청소를 했다고 가정하자.

그렇다면 어머니는 이곳에서 사고를 당한 것이 맞을까?

횡단보도에서 친 것을 이리로 옮겨 놓은 것은 아닐까.

충분히 있을 수 있는 일이었다.

아직 CCTV도 달리지 않은 도로.

가로등은 밝지만 자전거를 타는 사람들 외에는 보이지도 않았다. 자전거를 타는 사람들도 뒤쪽 도로는 이용하지 않았다.

의문은 계속해서 커져 간다.

아무래도 형사에게 다시 한 번 찾아가 봐야 할 것 같았다.

형사가 말하길 어머니의 사망 시간은 대략 3시에서 5시 사이라고 하였다.

문제는 사고가 난 시간이 명확하지 않다는 것이다. 처음 놈은 새벽 1시쯤에 사고가 났다고 진술했다고 한다. 하지만 어머니가 사망한 시간이 3시에서 5시 사이라는 소리를 들고서는 3시 반쯤이라고 진술을 번복했다.

시계를 보고 있지 않아서 잠시 헷갈렸다고 말을 하면서.

놈의 말을 믿을 수가 없었다.

놈의 말이 거짓이라면 어머니는 한두 시간 동안 살아 계셨다는 말과도 같았다.

놈은 119에 먼저 신고를 했다고 하지만 그것도 믿기지 않았다.

119가 도착했을 때 어머니는 이미 코마 상태에 빠져들고 있었으니까.

가장 의문이 남는 것은 이틀이나 지난 뒤에 경찰서에 출두를 한 것이다.

경찰이 몇 번이나 연락을 했는데 왜 오지 않았냐고 묻자 놈은 바빴다는 핑계를 댔다.

왜 그랬을까?

아니, 이유는 하나뿐일 것이다.

음주.

하지만 경찰은 그 일에 대해서 더 이상 묻지 않았다.

상식적으로 봐도 놈이 음주를 했기 때문에 일부러 늦게 출도를 했다는 것을 추측할 수 있으나, 경찰은 아무런 이의를 제기하지 않은 것이다.

놈이 술을 마셨다는 증거는 없었다. 신호위반을 했다는 증거도 없었다. 과속을 했다는 증거도…….

결국 놈이 잘못한 것은 하나도 없었다.

왜?

모든 것이 놈의 진술대로 돌아가고 있기 때문이었다.

죽은 자는 말이 없었다. 놈이 범인이라고 모든 상황 증거가 말을 하지만 빌어먹을 법은 놈을 감싸기에 바빴다.

빌어 처먹을 놈의 이름은 김형태.

그 이름도 유명한 나진 기업의 마케팅 실장이자, CEO의 셋째 아들이었다.

*   *   *

"지금 뭐라고 하셨습니까?"

도수는 의자에서 벌떡 일어나 형사를 매서운 눈으로 바라봤다.

숨이 가빠지고 금방이라도 욕설을 내뱉을 것 같았다. 귀싸대기로 올리고 싶은 것은 간신히 참아 낸다.

그는 저 형사의 입에서 나온 말을 잘못 들었는지 몇 번이나 곱씹었다.

"흥분하지 말고 앉으세요."

형사의 입에서 예의라고는 눈을 씻고 찾아볼 수 없는 건조한 말투가 튀어나왔다. 그는 눈살을 찌푸리며 도수에게 손을 휘휘 저었다.

그러나 도수는 자리에 앉지 못했다.

그가 배도일 형사에게 전화를 받은 것은 오전 10시 경이었다.

경찰서로 오라는 얘기였다.

혹여 좋은 소식이 있을까 평상시에는 타지도 않던 택시를 타고 경찰서에 도착했다.

최소한 경찰은 민중의 지팡이라는 믿음이 깨지지 않고 있던 도수였다.

형태라는 개자식을 데리고 와서 자신에게 사죄를 시킬 것이라 생각했다.

그렇게 돼야 정상이고.

하지만 그가 배도일 형사에게 들은 말은 일고의 가치도 없는 개소리였다.

"공소권이 없는 사건이니까, 피의자와 원만하게 합의하시라고요."

배도일 형사는 귀찮다는 표정으로 얼굴을 찡그렸다.

말을 반복하는 데 있어 짜증난 내심이 면상에 그대로 드러났다.

공소권이 없다.

즉, 김형태는 사람을 죽여 놓고서도 법적 처벌을 받지 않는다는 소리였다.

"합의를 보지 않는다면요."

"그러지 말고 그냥 합의 보시죠. 피해자 분께서 무단횡단을 한데다가, 갑작스럽게 튀어나오셔서 운전자가 미처 피할 수도 없었습니다. 이건 뭐, 자살이 아니고서야……."

"지금 그게 할 소립니까?"

"제가 못 할 말이라도 했습니까."

"그리고 누가 무단횡단을 했다고 합니까. 그 사람이 그렇디까? 아니, 왜 그 사람 말만 듣고 수사를 종결합니까? 사람 죽인 놈의 말만 듣는 이유가 뭐냐는 말입니다."

"증거가 없잖아요. 증거가. 찍힌 CCTV도 없고, 블랙박스도 없고."

"빤한 것 아닙니까. 놈이 블랙박스를 고의적으로 치웠다고요. 고급 외제 승용차에 블랙박스가 없다는 것이 말이 됩니까?"

"말이 왜 안 돼요. 다음 주에 블랙박스를 달 예정이라고 했습니다."

"그럼 이틀이나 지난 뒤에 출두한 이유가 뭡니까. 음주운전을 감추려고 한 것 아닙니까!"

"이 작자가 정말, 당신이 형사야? 혼자 소설 쓰고 싶으면 집에 가서 혼자 해! 여기가 어딘지 알고 음성을 높여, 높이긴."

우드득.

어금니가 절로 부딪쳤다.

우습다.

이 인간은 김형태라는 놈의 대리인처럼 행동한다.

누가 봐도 피의자에 잘못이지만, 상황은 정반대로 되어가고 있었다.

전도유망한 젊은 사업가가 자살을 하기 위해 갑자기 차도로 뛰어든 중년 여인을 치어 앞길이 막힐지도 모른다는 황당한 상황이었다.

돌아가신 어머니를 후안무치한 자로 만들고 있다.

"형사라는 작자가……."

끓어오르는 분노로 인해서 입이 열리지 않는다. 심장이 탁탁 막히고 현기증까지 돌았다.

팔다리가 부들부들 떨려 온다. 손톱이 손바닥을 세게 짓눌렀다.

살을 파고들 정도로 주먹을 강하게 쥐었지만 아픔은 느껴지지가 않았다.

"형사라는 작자? 이 사람이 정말 눈에 보이는 게 없나 보네."

배도일 형사는 자리에서 일어났다. 그러자 옆에 있던 형사가 그의 어깨를 잡고 말렸다.

"배 형사님, 왜 그러세요. 화내지 마시고 천천히 얘기하세요. 이봐요, 그쪽도 앉아서 얘기해요. 여기는 경찰서라고요, 경찰서. 콩밥 먹고 싶어요?"

이 자식도 똑같은 놈이다.

도수는 이들에게서 희망을 잃었다.

목을 놓아 제발 살인자를 잡아 달라고 하더라도 들어줄 것 같지가 않았다.

"당신들……."

도수는 주변을 훑어봤다.

ㄷ 모양으로 책상들이 다닥다닥 붙어 있고 다섯 명의 형사가 앉아 있었다. 그중 두 명은 다른 사람들과 이야기를 하는 중이었다.

형사과장으로 불리는 놈은 사건에는 아예 관심이 없는 듯 귀와 코를 번갈아 파며 연신 하품을 해 댔다.

이들 얼굴 한 명, 한 명을 뇌리에 각인시켜 놓겠다는 듯이 뚫어지게 쳐다본다.

"……후회하게 될 거야."

"이 인간이 지금 형사를 협박하나."

배도일 형사가 어이없다는 표정으로 다시 일어났다.

깡패처럼 어깨를 한 번 들썩인 후 도수를 위협하겠다는 뜻을 명백히 한다.

도수는 형사들을 한 번씩 노려본 후 등을 돌렸다.

"이봐, 당신 거기 안 서?!"

배도일 형사가 부르는 소리가 들렸지만 돌아보지 않았다.

그의 얼굴과 다시 한 번 마주치면 이성을 잃을 것만 같았다.

*　　*　　*

도수는 나진 기업 사옥 앞에 서 있었다.

쌀쌀해진 날씨 탓에 가로수의 나뭇잎들이 상당수 보도블

록에 떨어져 있었다.

바람에 날린 나뭇잎들이 도수의 바지를 치고서 흩어졌다.

도수는 손을 주머니에 깊게 찔러 넣었다. 주머니에는 라이터와 집 열쇠, 만 원짜리 지폐 세 장과 천 원짜리 지폐 다섯 장이 든 지갑밖에 없었다.

담배를 한 갑 사서 필까 하다가 관두기로 했다. 그사이 김형태가 밖으로 나오기라도 하면 기껏 두 시간을 넘게 주저했던 기다림이 물거품이 될 테니까.

물론 김형태라는 개자식이 승용차를 끌고 나왔을 가능성이 높다.

그렇다면 그의 얼굴도 확인하지 못할 것이다.

그럼에도 도수가 나진 기업 사옥 길 건너편에서 김형태를 기다리는 것은 도대체 어떤 놈인지 얼굴을 확인해 보고 싶어서였다.

사진으로 봤을 때 놈은 꽤나 잘생겼다.

단정하게 머리를 넘기고 이목구비가 뚜렷했다. 전체적인 인상은 영화배우를 해도 먹힐 것 같다는 것이다.

하지만…… 아무리 배경이 좋아도, 그는 인간이 되지 않았다.

그토록 뻔뻔하고, 몰염치한 얼굴에 욕이라도 한바탕 뱉어 줘야 조금이라도 속이 풀릴 것 같았다.

마케팅 실장이라고 했으니 정말로 바쁠 수가 있었다.

재벌 3세니 경영권을 앞에 두고 치열하게 경쟁을 할 수도 있었다.

너무 정신없이 바빠 자신이 사람을 죽였다는 사실을 인지하지 못하고 저 멀리 날려 버릴 수도 있었다.

그래서 아들인 자신이 직접 그와 얼굴을 맞대고 싶은 것이다.

그 개자식이 진심으로 사죄를 한다면, 본의 아니게 얼굴을 비치지 못해서 정말 죄송하다고 말을 한다면…… 모든 것을 잊고 어머니 영정에 술을 한 잔 따를 것이다.

그리고 사라진 동생의 일만 신경 쓰겠다.

그렇게 마음을 먹은 도수였다.

운이 좋았다.

놈이 나타났다. 남자 셋과 여성 두 명이 그와 함께 있었다. 팀원들인 듯싶었다.

남자들은 짙은 회색의 정장을 입었고, 여성들은 바바리코트를 걸쳤다.

한 사내가 길게 기지개를 펴며 뭐라고 말을 한다.

그들은 회사 정문에서 헤어지지 않고 다 같이 걸음을 옮겼다.

김형태도 함께였다.

회식인가.

도수는 6차선 도로를 중앙에 두고 그들과 보조를 맞춰서 걸었다.

그들은 강남역 근처에 있는 일식집 안으로 들어갔다.

겉으로 보기에도 꽤나 값이 나갈 것 같은 일식집이었다.

큰 빚에 치어 살던 도수이기에 그런 일식집에는 가 본 적이 없었다.

자신은 생각도 해 보지 못한 장소.

선뜻 따라 들어가기가 망설여졌다.

그의 얼굴을 보고 뭐라고 말을 해야 할까.

나는 당신이 치어 죽인 여자의 아들이요, 라고 말을 해야하나. 아니면 사람이라면 얼굴 한 번 보이는 것이 예의가 아니요, 라고 따져야 할까.

놈이 사람이라면 최소한 미안한 감정을 가지고 있을 것이다.

아니면 얼굴을 들지 못하든지.

심호흡을 한 도수는 일식집에 문을 열고 들어섰다. 깔끔한 대리석이 깔린 복도를 10m쯤 안으로 들어가자 그리스의 신 네메시스가 새겨진 문이 하나 더 나타났다.

잠시 그곳에서 머뭇거리자 안에서 문이 열리며 두 명의 잘생긴 웨이터가 인사를 하며 그를 반겼다.

도수는 힐끗 안쪽을 훑어봤다.

중앙에서 네 명의 주방장이 동서남북 각각 자리를 잡고 싱싱한 횟감을 손질하고 있었다.

그 앞에는 미리 자리를 잡은 회사원들이 회, 초밥 등의 맛을 음미하며 일본 술을 곁들였다. 형태와 팀원들은 보이지 않았다.

"손님, 혼자십니까?"

"아니요. 사람 좀 찾으려고요."

"아, 그러십니까. 몇 분이서 오셨죠?"

웨이터는 간식을 들고 있는 주인에게 아양 떠는 강아지처럼 꼬리를 살랑살랑 흔들었다.

눈매도 비슷했고, 입가에서는 미소가 끊이질 않았다.

"제가 찾아보죠."

"네, 알겠습니다. 안쪽으로 가시죠."

웨이터는 홀을 지나 룸이 있는 곳으로 도수를 안내했다. 룸은 대략 10개 정도가 있었는데 크기는 각기 다른 모양인 것 같았다.

룸 앞에 벗어 놓은 신발의 숫자가 그것을 알게 해 주었다.

가장 많은 신발은 12켤레나 된다.

룸의 크기도 상당할 듯싶었다. 어렴풋이 룸 안쪽에서 음악 소리가 흘러나왔다.

요즘 유행하는 트로트 가요 같지만 음정이 불안전해서 정확히 알아들을 수는 없었다.

룸 안쪽을 확인할 수는 없었다.

신발이 밖에 나와 있기는 하지만 그것이 김형태의 것이라고 확신을 할 수가 없었다.

더군다나 김형태와 팀원들의 머릿수와 같은 신발 숫자가 세 군데나 더 있었다.

모든 룸의 문을 열어 봐야 하나.

잠깐의 고민은 웨이터가 해결해 주었다.

"누구를 찾아오셨죠? 저희 룸은 모두 예약 손님이라 성함을 말씀해 주시면 금방 찾아 드릴 수가 있습니다."

"김형태 씨라고……."

"아! 김형태 실장님이요? 이리로 오시죠."

웨이터의 눈이 반짝였다.

그 사람을 매우 잘 안다는 표정이 얼굴에 그대로 드러났다.

그는 복도 안쪽으로 좀 더 들어간 후 룸 앞에 서서 두 번 노크를 했다.

안에서 '들어와' 라는 목소리가 들렸다.

웨이터는 조심스럽게 문을 열고 '일행 분이 찾아오셨습니다.' 라고 말했다.

도수가 룸 안으로 들어갔다.

꽤나 호화로운 방이었다. 네 방향으로 이집트 신들의 석상이 서 있고 긴 테이블 위에는 온갖 음식들이 가득 놓여 있었다.

도수의 왼쪽으로는 56인치 화면과 오른쪽에는 화장실의 입구로 보이는 작은 문이 있었다.

모든 것이 호화스러웠다.

웨이터는 짧게 인사하며 문을 닫았다.

"누구?"

김형태는 도수를 위아래로 훑어본 후 고개를 갸웃거렸다.

끝내 생각이 안 나는지 도수에게 직접 물었다.

도수는 처음부터 그가 누군지 알아봤다. 가장 상석이라고 할 수 있는 중앙에 앉아서 손가락만으로 직원들을 부리고 있었으니 모를래야 모를 수가 없었다.

"마도수라고 합니다."

도수는 담담하게 대답했다.

막상 만나고 나니 떨렸던 마음도 진정이 되었다.

"마도수?"

역시 생각이 나지 않는 모양이었다.

거래처 사람인가 생각을 한 그는 팀원들을 둘러보았다. 누구 아는 사람 있냐고 묻는 표정이었다.

하지만 팀원들은 모두 고개를 흔들었다.

"누구신지."

다시 묻는다.

"곽현아 씨의 아들입니다."

"곽현아?"

모른다는 표정이 역력하다.

"잘못 찾아오신 것 같은데……."

"모르십니까, 곽현아 씨를."

"잘못 찾아오신 것 같다고요."

김형태는 꽤나 거만한 표정으로 고개를 흔들고는 손으로 휘휘 휘저었다.

모르니 나가 보라는 행동이었다.

그의 행동에 위장이 뒤틀리는 느낌을 받는다. 장이 쿡쿡 쑤시며 갈기갈기 찢어질 것만 같았다.

"……당신이 사고를 낸 피해자가 제 어머니입니다."

이가 부숴지도록 꽉 물며 말했다.

그제야 생각이 떠오른 것일까.

김형태의 기름기가 번들거리는 얼굴에 근육들이 순식간에 일그러졌다.

마치 어렸을 적에 쓰던 용사의 가면을 발로 짓밟으면 저렇게 변하지 않나 싶었다.

분위기가 팍 가라앉는 것을 안 마케팅 팀의 팀원들은 아무런 말도 하지 않은 채 실장과 도수를 번갈아 쳐다보며 앞에 있는 잔을 홀짝 거렸다.

"그런데요."

짜증이 역력한 표정이었다.

"장례식장에 한 번도 오시지 않았더군요."

도수는 심호흡을 하며 말했다.

급격하게 기분이 밑으로 떨어졌다. 분노로 인해서 목소리가 떨려 왔지만 억지로 참아 낸다.

"제가 왜요?"

"왜요, 라니요. 사람을 사망에 이르게 했으면 마땅히 찾아와서 사과를 해야 하는 것 아닌가요."

"변호사가 찾아가지 않았던가요?"

"보험 회사랑 얘기하라고 하더군요."

"그럼 보험 회사랑 얘기하면 되지 여기를 찾아온 이유가 뭡니까."

"말했지 않습니까. 사람을 죽였으면 마땅히 사과부터 하라고요."

"사과. 아, 사과를 바라신다. 좋수다, 그놈의 사과."

김형태가 자리에서 일어났다.

그는 팀원들을 보며 어깨를 으쓱거린 후 도수에게 고개를 까닥거렸다.

"죄송합니다. 됐죠? 그럼 이만 가 보시죠."

명백한 축객이다.

하지만 도수는 이대로 방을 나갈 수는 없었다.

김형태가 제대로 된 사과만 했다면 어금니를 꽉 깨물고 밖으로 나갔을 것이다.

그러나 저게 뭐하는 짓이란 말인가.

자신을 가지고 노는 것인가. 저 개자식은 일말의 양심도 없다는 말인가.

"다시 하시죠."

"뭐라고?"

김형태의 눈빛이 사나워졌다.

칠흑과 같은 어둠에서 먹이를 노리는 육식동물처럼 눈동자를 빛내며 도수를 쏘아 보았다.

"제대로 된 사과를 하시죠."

"허, 참."

김형태는 소파에 풀썩 주저앉았다.

그리고는 정장 상의에서 지갑을 꺼내 수표 몇 장을 꺼내 도수의 앞에 던졌다.

"보험 회사에서 돈을 적게 불렀나 보네. 하긴, 나 같은 사람을 만났으니 이게 웬 봉이야 싶었겠지. 자, 이것 받고 떨어져. 오늘은 기분 좋은 날이니까 더 이상 여기서 난장 피지 말고."

어느새 김형태의 말투는 바뀌어 있었다.

도수를 향한 그의 말투는 경멸과 비웃음이었다.

도수는 수표를 탁자 위에 놓인 수표를 집었다. 자그마치 천만 원 짜리 수표가 세 장이었다.

……많은 돈이다.

그러나 돈과 어머니의 목숨을 바꿀 수 있을까. 그렇다면 네놈의 목숨값은 얼마나 된다는 소리냐.

도수의 손아귀에서 잡혔던 수표가 심하게 구겨졌다. 그는 그것을 김형태의 면상에 던지며 외쳤다.

"사과하란 말 안 들리나!"

"당신 도대체 뭐 하는 사람이야, 왜 여기서 행패야!"

두 명의 남자 사원들이 벌떡 일어나 도수를 향해서 삿대질을 했다.

그들의 눈빛에서는 도수를 향한 분노 따위는 섞여 있지 않았다.

던진 공을 가져온 개의 표정이 저러할까.

"아, 정말 짜증나는 종자구만."

김형태는 인터폰으로 누군가에게 연락을 했다.

20초도 되지 않아 건장한 체구를 가진 두 명의 사내가 룸 안으로 들어왔다.

그들은 김형태를 향해서 90도로 인사를 했다.

딱 봐도 업소를 관리하는 건달들이었다.

그들에게 김형태는 VVIP회원이다.

더군다나 한국 굴지의 기업인 나진기업 총수의 셋째 아들이 아닌가.

아무리 막 나가는 건달들이라고 하더라도 그들 입장에서는 김형태의 똥구멍이라도 빨라면 빨아야 했다.

"술 맛 떨어진다. 그 새끼, 데리고 나가. 다시는 내 눈에 보이게 하지 마."

"알겠습니다, 실장님."

건달들은 도수의 머리채를 잡고서 질질 밖으로 끌어냈다. 잡은 손아귀에 힘이 엄청나서 도수는 그대로 끌려 나오고 말았다.

머리가 짧아서 그런지 몇 번 그들의 손아귀에서 빠졌다. 그러자 이번에는 목덜미를 잡고서 끌어냈다.

도수의 힘으로는 도저히 그들의 손아귀에서 벗어날 수가 없었다.

복도에 있던 손님들이 잠시 의아한 눈으로 목덜미를 잡힌 채 질질 끌려가는 도수를 봤지만 그뿐이었다.

의문 가득한 눈으로 볼 뿐, 도와준다거나, 도와줄 의도도 없었다.

도수 역시 아무런 말을 하지 않았다.

그의 심장은 시퍼렇게 멍이 들었고, 이제껏 살아오면서 가졌던 세상의 잣대가 무너졌다.

당연한 것이라 여겼던 상식은 여지없이 무너졌다.

누구도 그에게 따뜻한 말을 남기지 않았다.

명백히 그가 피해자였지만, 세상은 그를 피해자라고 여기지 않는다.

사람들이 믿기만 한다면 심장을 뽑아서 '나는 억울하다'라고 외치고 싶었다.

두 명의 건달들은 뒷문을 열고 눅눅한 계단이 있는 곳으로 도수를 끌어냈다.

목에 옷이 걸려서 숨이 막혀 왔다.

도수는 심하게 컥컥 거렸지만 그들은 전혀 상관하지 않았다.

이런 일들을 도맡아서 하는 자들. 어떤 식으로 상대를 가장 두려움에 떨게 하는지 몸으로 터득하고 있는 전문가들이다.

끌려가다 몇 번이나 모서리에 부딪쳤다. 이마가 찢어져 턱밑까지 피가 고였다.

피는 한 방울, 한 방울 퀴퀴하고 습기가 가득한 계단에 떨어졌다.

덜컹!

소리가 나며 철로 된 건물 뒷문이 열렸다.

손에 녹이 슨 쇠가 묻었는지 건달은 손바닥을 도수의 등에 닦았다.

"씨발놈이, 여기가 어디라고 와서 행패야?"

목덜미를 잡고 있던 건달이 손바닥을 쫙 펴고 도수의 면상을 후려갈겼다.

따귀를 친 것 같은데 '빡' 소리가 난다.

머리가 노랗게 변하며 정신이 아찔해진다. 뇌가 양쪽으로 진동하는 느낌이 들었다.

다른 건달이 구두의 발바닥으로 도수의 면상을 찍어 찼다.

빡!

피가 튀며 도수의 코뼈가 옆으로 휘었다. 그러나 도수는 자신의 코가 옆으로 휘는지도 알지 못했다.

태어나서 이렇게 고통스럽게 아픈 적은 처음이었다.

고등학교 1학년 때 짝과 의견이 맞지 않아 싸운 것이 인생의 전부였다.

당시에 짝은 시험 당시 답을 보여 주지 않았다면서 꿍해 있었고, 점심시간에 그것이 터지고 말았다. 둘은 약 10초가 치고 받았다가 떨어졌다.

서로가 제대로 맞은 정타는 없었다. 급히 급우들이 말렸기에 싸움은 더 커지지도 않았다.

하지만 도수의 주먹에 남은 기분 나쁜 느낌은 꽤나 오랫동안 각인이 되었다.

그 이후 도수는 평생 싸움질 따위는 하지 않겠다고 생각했었다.

도수의 고개가 옆으로 돌아갔다.

얼마나 세게 맞았는지 입술이 금방 터지고 시퍼렇게 부풀어 올랐다. 코에서는 수도꼭지를 틀어 놓은 것처럼 피가 줄줄 흘렀다.

건달들은 주먹과 손을 가리지 않고 휘둘렀다. 그들의 구둣발이 옆구리를 쳐올렸다.

숨이 쉬어지지 않는다.

도수는 옆구리를 잡고서 옆으로 굴렀다. 이러다가는 맞아서 죽을 것 같았다. 그렇지만 고통으로 인해서 일어설 수가 없었다.

저자들의 얼굴과 마주칠 용기도 생기지 않았다.

"좆만 한 새끼가."

구둣발이 뒤통수를 내려찍었다. 도수의 이마가 콘크리트 바닥과 부딪쳤다.

쩡—

소리가 나며 이마가 깨지는 소리가 뒷골목에 울렸다.

골목에서 겨우 15m 떨어진 곳은 네온사인으로 화려하다.

온갖 치장을 한 남녀들이 하하호호 거리며 길을 가고 있었다.

그러나 누구 한 명 이곳을 보고 눈길을 주지 않는다. 그가 있는 이곳은 세상과 완벽하게 단절이 된 곳이었다.

이대로 있으면 죽을지도 모른다.

"쿨럭쿨럭. 제, 제발."

도수는 건달의 발목을 잡았다. 그의 발목을 잡고 사정하는 것에 대해 일말의 주저함도 없었다.

어머니의 얼굴과 동생의 얼굴이 동시에 나타났다 사라졌지만 그때뿐이었다.

이 고통에서 벗어나고 싶다.

이대로 개죽음은 당하고 싶지 않다.

무섭다, 두렵다, 살고 싶다.

온갖 혼란스러운 감정이 도수의 머리를 가득 채웠다.

"제발, 뭐."

건달은 폭력을 멈추고 도수에게 물었다.

"사, 살려 주세요."

"뭐라고? 다시 한 번 크게 말해 봐."

"살려 주세요, 제발."

"훗, 벌레 같은 새끼. 벌레도 목숨 귀한 줄은 아는 모양이지?"

그는 양쪽 무릎을 굽히고 도수의 턱을 들어 눈을 마주쳤다.

이미 제대로 된 얼굴이라고 할 수 없을 정도도 심하게 망가져 있었다.

그렇지만 도수는 사내의 눈동자와 마주치지 못했다.

자신도 모르게 그의 눈을 피하게 된다.

"씨발놈아. 나 봐."

사내가 낮게 으르렁거렸다.

거칠고, 사나운 말투였다. 그의 말투에 의해 도수의 고개는 자동적으로 돌아갔다. 눈이 마주친다.

도수의 눈빛이 심하게 흔들렸다.

눈동자는 파르르 떨리고, 극한 좌절감과 절망을 동시에 맛봤다.

"다시 한 번 여기 찾아오면 뒈질 줄 알아. 너 같은 새끼 콘크리트에 말아서 인천 앞바다에 갔다 버리는 것은 일도 아니야, 알았어?"

도수는 고개를 끄덕였다. 목구멍에서 핏물이 튀어나오려고 하지만 억지로 삼킨다.

사내는 도수의 턱을 놓았다. 도수는 힘없이 바닥에 무너졌다.

육체의 감각이 느껴지지 않았다.

건달은 상의 정장에서 장지갑을 꺼냈다.

지갑을 편 후 만 원짜리 지폐 다섯 장을 꺼내 도수의 머리 위에 올려놓았다.

"이걸로 병원이라도 가라. 살고 싶으면 다시는 오지 말고."

두 명의 건달은 담배를 입에 물고는 불을 붙인 후 철문을 열고 일식집 안으로 들어갔다.

문이 닫히자 뒷골목에서는 도수와 서늘한 바람만이 남아 있었다.

반대편 음식점에서 음식물 쓰레기를 버리러 나온 종업원이 도수를 힐끗 보고는 그대로 들어가 버렸다.

"으흑, 으흐흐흑."

갑자기 눈물이 터져 나왔다.

김형태에게 사과를 받겠다면서 기세등등하게 쫓아 들어왔지만 결과는 이 모양, 이 꼴이었다.

자신은 아무것도 아니었다. 놈들의 말대로 벌레만도 못한 존재였다.

아무것도 할 수 없으면서 날뛰는 바보 천치 멍청이였다.

그를 도와줄 사람은 한 명도 없는데, 이렇게 억울한 일을 당하면 누군가는 도와줄 것이라 여겼는데…… 너무도 순진하게 생각했다.

세상은 그리도 호락호락하지 않았다.

만만하지도 않았다.

이 엿 같은 곳은 힘 있고, 돈 있는 자들의 놀이터였다.

"크흐흐흐흑. 엄마, 엄마."

봇물이 터지듯 흘러나오는 눈물은 쉽사리 그칠 기미가 보이지 않았다.

심장이 걸레처럼 헤집어진다.

3.
내 무덤에 침을 뱉어라

CITY OF
WILD BEAST

도수는 배도일 형사를 다시 찾았다. 다시 이 인간의 얼굴을 볼 생각이 없었지만 마지막까지 기댈 곳은 이곳 하나뿐이었다.

병원에도 가지 않았다.

직접 이런 꼴을 당했으니 그들을 처벌해 달라는 의미였다.

아주 사소한 복수지만 이렇게라도 하지 않으면 억울해서 제대로 눈도 감지 못할 것 같았다.

오후 당시만 하더라도 멀쩡하게 두 발로 걸어 나갔던 도수가 피떡이 되어서 경찰서 안으로 들어서자 배도일 형사도 꽤나 놀란 모양이었다.

"아니, 얼굴이 왜 그래요? 화를 내면서 뛰쳐나가더니 무슨 일이 있었소?"

배도일 형사는 도수에게 다가가 얼굴을 이리저리 살펴보았다.

그리고 응급 약품을 꺼내 그의 얼굴에 발라 주었다.

거친 손이지만 지금은 그가 구원의 밧줄을 내려 줄 것만 같았다.

"김형태 씨를 만나고 왔습니다."

입이 벌어지지도 않을 만큼 심하게 아프다. 그럼에도 한 단어씩 또렷하게 읊었다.

김형태라는 이름을 들었기 때문일까.

도수의 얼굴에 반창고를 바르던 배도일 형사의 표정이 급격하게 굳어졌다.

미간을 좁혀 눈썹을 모으고는 의료 상자를 '딱' 소리가 나도록 닫았다.

"그 사람은 왜요?"

"사과를 받으러 갔습니다."

"참나, 그게 뭐가 그렇게 중요하다고. 그래서 받았소? 받았으면 이만 합의해요. 추잡하게 질질 끌지 말고. 질질 끌면 돈을 바란다는 말밖에 못 들어요. 물론 댁 입장에서는 어머님도 돌아가셨으니 그거라도 받아야 하겠지만."

"사과…… 못 받았습니다."

"음, 그래요? 그 양반도 참. 그토록 원하는 사과 한번 해 주지."

배도일 형사는 뒷머리를 긁적거렸다.

며칠 동안 머리를 감지 않았는지 흰 이물질이 그의 어깨에 툭툭 떨어졌다.

"그 사람이 저를 이렇게 만들었습니다."

"김형태 씨가 당신을 이렇게 때렸다고요?"

"아니오, 그 사람이 시켜서 저를 이렇게 만들었습니다."

"누가요?"

"건달들 같았습니다."

"건달들이면 건달들이지 건달들 같다는 것은 또 뭡니까?"

"저도 모릅니다. 그 업소를 관리하던 사람들이니까요."

"그래서 폭행으로 고소라도 하겠다는 겁니까?"

"네, 할 겁니다, 고소. 그놈들이나 그놈들에게 시킨 놈이나 다 같이 벌을 받을 것 아닙니까. 저는 죽을 뻔했습니다. 그냥 맞고 끝내라는 소리를 아니겠죠."

"그렇기는 하지만……."

배도일은 난감한지 강찬수 형사과장을 바라봤다. 머리가 반쯤 벗겨진 형사과장은 고개를 끄덕였다.

이렇게까지 물고 늘어지는데 더 이상 자신들도 어쩔 수 없다는 의미였다.

"좋아요, 갑시다. 그곳이 어디요?"

"제가 안내하죠."

배도일 형사와 형사과장이 도수와 동행했다.

그들은 구형 스타렉스 차량에 탑승하고서 도수가 폭행당한 업소로 향했다. 12시가 다 되어 가서인지 도로는 막히지 않았다.

차량이 업소에 도착했을 때는 막 12시가 넘었을 시각이었다.

배도일과 강찬수 형사과장이 일식집 안으로 들어서자 웨이터들이 허리를 90도로 굽혀서 인사했다. 그들은 배도일과 강찬수를 보자 경찰이라는 것을 눈치챘다.

두 명 중에 한 명이 재빠르게 복도 안으로 들어가 형사들이 찾아왔다고 전달했다.

잠시 후, 일식집에 지배인이라는 사내가 나타났다. 인상은 나쁘지 않았으나 눈매가 뱀처럼 쭉 찢어져 은연중에 섬뜩함을 안겨 주는 사내였다.

그들은 도수를 한쪽 자리에 앉혀 둔 채 말을 나눴다.

무슨 이야기를 하는지는 도수에게 들리지 않았다. 귀를 기울여 봤지만 일부러 목소리를 낮췄는지 어떤 단어도 알아낼 수가 없었다.

도수는 일식점 안을 살폈다.

보이는 사람은 네 명의 주방장과 웨이트리스와 웨이터뿐이었다.

종종 정장을 입은 덩치 큰 사내가 지나다녔지만 자신을 폭행한 자들은 아니었다.

잠시 후 배도일과 형사과장이 돌아왔다.

"이봐요, 마도수 씨, 이곳에서는 그런 적이 없다고 합니다. 어찌 된 일입니까?"

그의 말을 듣는 순간 아팠던 옆구리가 칼에 찔리는 기분이 들었다.

자신의 편이 되어 줄 것이라 여기지는 않았지만, 최소 있는 만큼, 보는 만큼이라도 해 줄 것이라 생각했던 자신의 얕은 두뇌를 씹어 먹고 싶었다.

"저 사람은 당연히 그렇게 대답하겠죠. 하지만 다른 손님들이나 종업원들에게 물어보면 되는 것 아닙니까. 아니, CCTV를 확인해 봐요. 머리채까지 잡혀서 끌려 나갔으니까."

"거참."

형사라는 작자가 귀찮음이 가득한 얼굴로 볼펜으로 뒷머리를 긁었다.

"협조 좀 해 주십시오."

배도일은 지배인에게 정중하게 양해를 구했다.

기가 찰 노릇이다.

피해자는 자신인데 가해자들에게는 저렇듯 허리를 굽혀 굽실거렸다.

그럼에도 아무런 말을 할 수 없는 자신이 한스러운 도수였다.

배도일 형사와 강찬수 형사과장은 몇몇의 종업원들 불러 조서를 꾸몄다. 조서를 꾸미는 데 걸린 시간은 겨우 10분 남짓이었다.

종업원들은 당시 자리에 없어서 무슨 일이 벌어졌는지 모른다, 아무것도 보지 못했다, 라는 말을 공통적으로 했다.

즉, 도수가 폭행당하는 사실을 본 사람은 이곳에 아무도 없는 것이다.

또한 도수를 폭행한 두 명의 건달은 애초에 이곳에 없었다고 한다.

어금니가 부득부득 갈렸다.

"CCTV요. 그걸 확인해 주세요."

"나참, 그만하시죠. 지금 당신은 김형태에 대한 악의로 공권력을 무단으로 이용하게 계신 겁니다. 어디서 일부러 상처를 내고 와서, 그것을 김형태에게 뒤집어씌우려고 하는 거라고요!"

배도일은 볼펜을 쥔 손가락으로 도수를 가리키며 언성을 높였다.

"무슨 소립니까, 제가 왜 그런 짓을 합니까! 어서 CCTV나 확인해 주세요. 그럼 되는 일 아닙니까!"

"됐어요. 이자들은 아무 상관이 없어요. 더 이상 저희를 찾아오지 마시고요. 이봐요, 마도수 씨. 사람 추해 보입니다. 자꾸 이러시면 무고죄로 고발당할 수도 있어요."

배도일을 고개를 절레절레 흔들고는 업소 밖으로 걸음을 옮겼다.

"이봐요! 이봐요!"

도수가 배도일 형사를 불렀지만 뒤도 돌아보지 않는다.

그는 강찬수 형사과장에게 고개를 돌렸다.

강찬수 형사과장이 지배인의 어깨를 툭툭 치고 나가는 것
이 보였다.

그 역시 도수에게는 시선도 주지 않았다.

지배인은 배도일과 강찬수 형사과장이 스타렉스 승합차에
올라탈 때까지 쫓아가 90도로 인사를 했다.

남은 사람은 도수뿐이었다.

사람들의 목소리가 가득하고, 음식이 넘치고, 즐거움이
만연하며, 웃음이 끊이지 않는 곳이지만…… 전혀 그런 감
정들이 느껴지지가 않았다.

이곳은 사막이다.

물 한 모금도 마실 수 없는 황량한 사막이었다.

모래 속에서는 독이 오를 대로 오른 전갈들이 득실거리
고, 하늘에서는 자신의 시체를 먹어 치우려는 독수리들이
날아다녔다.

* * *

더 이상 믿을 놈도 없다.

믿을 수 있는 놈도 없었다.

가장 신뢰할 수 있던 어머니와 동생은 그의 곁에 없었다.

그리고 어머니를 죽게 한 놈은 버젓하게 사회생활을 영위
하고 있었다.

최고급 외제차를 타고, TV에서나 볼 수 있을 정도의 아

름다운 여자를 옆에 끼고, 5성급 호텔을 집처럼 드나들며, 서민들은 평생에 한번 먹을까 말까한 고급 음식들을 질리도록 먹고 있을 것이다.

한 푼, 두 푼 모아 집을 장만하고 싶은 서민들의 꿈 또한 안중에 없을 것이고, 천만 원이 얼마나 큰돈인지 그에게는 감도 오지 않을 것이다.

대중교통을 어떻게 타는지도 알지 못하며, 알고 싶지도 않을 테고, 라면의 가격이 얼마인지, 서민들이 먹는 한 끼 식사가 얼마인지 생각조차 해 보지 않았을 것이다.

그런 놈에게 어머니는 불쌍하게 죽었다.

겨우 그런 놈이 개값보다 못한 돈을 던져 주며 먹고 꺼지라고 말한다.

—진심으로 사죄드립니다.

이 한마디가 그렇게 힘든 것일까.

목에 칼이 들어와도 그런 말은 못하는 것일까.

죽은 피해자의 가족에게도 절대 하지 못하는 것인가.

그래, 이제는 네놈에게 사죄의 말 따위는 듣지 않았을 것이다.

덕분에 세상 구경 확실하게 했다. 아름다운 세상이라, 이제 그런 말은 믿지 않는다.

누군가 다른 사람을 마음껏 돕는다는 말도 믿지 않을 것이다.

세상은 위선으로 가득 찼다. 썩은 냄새가 풍겨서 숨을 쉴
수가 없다.

공장에서 흘러나오는 폐수 속에서 사람들은 잘도 숨을 쉬
면서 살아간다.

빌어 처먹을 세상.

밉다, 밉다, 밉다.

무심한 세상이 밉다.

날 비웃던 그들의 눈이 밉다.

한심한, 그리고 추할 정도로 나약한 내가 밉다.

도수는 시장에서 사온 식칼을 조심스럽게 신문지로 감쌌
다.

이제 더 이상 참지 않을 생각이었다.

이 칼로 어디를 베면 속이 후련해질까.

배를 마구 찌르면 놈은 어떤 표정을 지을까.

돈을 집어 던진 그 손을 썰어 버려야 용서를 구하며 싹싹
빌까.

아님, 그 튼실한 허벅지 살을 도려내야 어머니 앞에 무릎
꿇을까.

목을 베지는 않을 것이다.

난…… 그놈의 반성을 원하는 것일 뿐, 똑같은 사람이 되
지는 않을 것이다.

아킬레스건을 끊을까, 평생 절뚝거리면서 다니게. 아니

다, 그럴 시간은 없어 보인다.

도수는 칼잡이가 아니었다. 어떤 식으로 칼을 쓰는지도 모른다.

괜한 섣부르게 행동했다가는 아무런 짓도 하지 못하고 끝날 수도 있었다.

아무것도 아닌 놈이, 아무 것도 못할 것이라 생각했던 놈이 바닥까지 떨어지면 어떤 식으로 변하는지 놈에게 똑똑히 보여 줄 것이다.

도수는 둘둘 싼 칼을 품에 넣었다. 그리고 푹 꺼진 베개를 베고 이불에 누웠다.

모든 것을 포기하니 마음은 편안해진다. 동생을 생각하면 가슴이 답답해졌지만 무슨 일이 생겼을 것이라 여기지는 않았다.

그래, 큰 빚을 지고 잠시 몸을 피한 거야. 내가 이 세상에 없더라도 동생은 살아서 잘 먹고 잘살 거야.

넌 우리 가족의 희망이니까.

차츰 눈이 감긴다. 눈꺼풀이 무겁게 떨어지면서 깊고 깊은 우물 속으로 그를 이끌었다.

오래간만에 꿈을 꾼다.

도수가 7살, 도영이 5살 때였다. 아버지도 어머니도 무척이나 젊었다.

하긴, 두 분 모두 30대 초반이니 젊은 것은 당연했다. 도영의 지금 모습이 아버지를 무척이나 닮은 듯하다.

아버지가 처음으로 도수와 도영을 데리고 관악산으로 등산을 간 날이었다.

가을 날씨여서 그런지 공기가 무척이나 맑고 하늘은 높았다.

도수와 도영도 기분이 좋은지 지금처럼 깔끔하지 않은 비포장도로를 뛰어다녔다. 도로 옆에는 온갖 노점상들이 가득했다.

도수와 도영은 한 할아버지 앞에 섰다. 할아버지 앞에는 생전 처음 보는 징그러운 모양의 약재가 말려서 놓여 있었다.

지네였다.

도영이 갑자기 울음을 터트렸다. 그래도 도수는 형이라고 그런 도영을 다독거려 주었다.

아버지가 다가와 그런 도영을 들어서 팔 위에 놓았다.

억센 팔위에 앉아 언제 그랬냐는 듯이 도영은 울음을 멈추었다.

도수는 그런 아버지를 올려다보았다. 무척이나 컸다. 나는 언제 저렇게 커질 수 있을까, 잠시 상상을 해 보기도 했다.

도수의 가족은 콧노래를 부르며 산을 올랐다. 많은 사람들이 도수와 도영을 보며 '아이고, 꼬마들이 산도 잘 타네.' 칭찬을 했다.

그 말이 기분 좋아서 더욱 열심히 산길을 올랐다.

어머니와 아버지는 그런 도수와 도영을 대견한 듯이 바라보고 있었다.

산에서 내려온 가족은 사진을 찍었다. 도영의 서랍 속에 있던 빛이 바랜 그 사진이었다.

그때가 그립다.

다시 돌아갈 수 없다는 것을 알지만, 손만 뻗으면 닿을 수 있는 거리에 있는 것처럼 그때로 돌아가고 싶다.

아무런 걱정이 없이 살던 가족의 기억 속으로.

행복한 꿈을 꾸고 있는 도수의 입가에서 미소가 그려졌다. 그럼에도 눈가에서는 한 방울의 눈물이 떨어져 어머니의 베개를 적셨다.

* * *

도수는 김형태를 쫓기 시작했다.

처음에는 회사에서부터 놈의 뒤를 쫓았다.

놈의 뒤를 쫓는 것은 그다지 어렵지 않았다. 택시를 타고 '저 외제차를 쫓아 주세요.' 라고 말을 하기만 하면 된다.

후드 모자를 눌러 쓰고 선글라스도 끼고 있기에 택시 운전사는 이상한 눈으로 쳐다본다.

도수는 싱긋 웃으며 '흥신소입니다. 저 차에 타고 있는 남자가 유부녀하고 바람이 났거든요. 저 남자 부인이 증거 좀 찾아 달라고 해서요.' 라고 말을 해 주었다.

대부분의 택시 기사들은 눈을 반짝이며 놈의 차를 쫓았다. 몇몇의 택시기사들은 '바람 난 새끼들은 모두 거시기를 잘라 버려야 돼.' 라며 흥분을 하기도 했다.

놈이 모는 외제차는 1억 6천만 원이 훌쩍 뛰어넘는 고급 오픈카였다.

아무리 강남이라고 하지만 워낙 튀어서 놓치고 싶어도 놓칠 수가 없었다.

김형태의 본가는 한남동에 있는 850평 규모의 2층 단독 주택이었다.

택시는 그의 본가까지 다가갈 수도 없었다. 워낙 고급 주택 단지라 그런지 마을 입구에서부터 두 명의 경비원이 다른 차량을 일일이 검사하고 있던 것이다.

도수는 김형태의 본가가 어디에 있는 확인을 하는 것만으로 만족해야 했다.

문제는 놈을 처리하기에 좋은 곳을 찾기가 매우 어렵다는 것이다.

본래 놈의 집 앞, CCTV가 선명하게 비치는 곳에서 놈에 기름 낀 배에 날이 퍼렇게 선 칼을 박아 넣으려고 했다. 놈의 부모도 CCTV를 목격하겠지.

그럼 도수는 무릎을 꿇고 사죄할 것이다. 정말 죄송하다고, 진심으로 사죄를 한다. 놈과 나는 다르다는 것을 보여주고 싶었다.

물론 놈의 부모가 자신을 가만히 내버려 둘 리 없다는 것을 알고 있었다.

　그래도 끝까지 사죄를 할 것이다. 죄송하다고, 용서해 달라는 말을 하지 않고, 죄송하다는 말만 반복할 것이다.

　하지만 지금처럼 골목 자체에 들어가기가 쉽지 않다면 그의 계획도 깨지게 된다.

　계획을 수정해야 한다. 어차피 빚을 갚기 위해 모아 두었던 돈이 어느 정도 남아 있었다.

　한 달이건, 두 달이건 계속 놈의 뒤를 쫓아서 완벽하게 처리를 할 수 있는 상황까지 끈기 있게 기다릴 셈이다.

　일주일 쯤 지났을 때였다. 예상치 못했던 곳에서 놈의 약점을 발견했다.

　김형태, 이 개자식은 일주일 중에서 본가에 들어가는 날은 토요일이나 일요일 하루밖에 없었다.

　이틀은 대치동에 있는 최고급 펜트하우스에서 지냈고 나머지 나흘은 한 여자의 집에서 보냈다. 그녀가 사는 집은 대치동에서 그리 멀지 않았다.

　택시를 타도 기본 요금이고, 운동 삼아 걸어서 가도 될 정도였다.

　그러나 김형태가 사는 펜트하우스로는 그녀를 부른 적이 없어 보인다.

　지켜보는 동안 한 번도 서로가 오가는 것을 본 적이 없으니 말이다.

　놈은 꽤나 주당인지 일주일에 5일은 술을 마신다. 그가 드나드는 술집은 도수가 상상도 할 수 없는 고가의 업소들이었다.

대충 견적을 따져 봐도 놈이 한 달에 마시는 술값만 1천만 원이 훌쩍 넘어갔다.

도수는 계획을 전면 수정하기로 했다.

놈을 죽이는 것보다 세상에 모든 정체를 까발리는 것이 훨씬 통쾌할 것 같았다.

놈의 썩어 빠진 위선을 만천하에 알려, 모두의 손가락으로 그를 찌르고 싶었다. 대한민국에서 얼굴을 들고 살지 못하도록.

그러기 위해서는 놈의 여자가 필요했다.

한 가정을 박살내 놓고도 뻔뻔하게 지갑을 열던 놈이다.

그렇다면 놈의 것이 파괴되었을 때 어떤 소리를 하는지 꼭 보고 싶었다.

이제 카운트다운이다.

김형태, 계속 그렇게 웃고 있어라.

표적을 바꿔 놈의 여자를 쫓았다. 그녀를 쫓는 시간은 지루하고 지겨웠다. 1분이 10분이라도 된 것처럼 너무도 느리게 갔다.

그녀의 이름은 이미수, 자칭 연예인이었다.

꽤나 곱상한 외모와 풍만한 몸매를 가지고 있지만 TV에서는 거의 본 적이 없었다.

어디선가 낯이 익다, 정도만 느낄 뿐이었다.

하는 일은 없지만 머리부터 발끝까지 명품으로 치장을 했다.

대충 그녀가 어떤 식으로 살아가는지 알 것 같았다. 김형태와 같은 스폰서를 둠으로써 미에 대한 욕심을 채우며 살아갈 것이다.

그녀의 하루는 꽤나 늦게 시작했다.

하루가 시작되는 시간이 오후 3시가 넘어서부터였다.

오후 3시가 넘어 아직 깨지 않는 눈을 비비며 나와 헬스클럽으로 향한다. 1시간 30분가량 운동을 하고 가는 곳은 피부 미용실이었다.

그곳에서 7시에 나오면 친구들을 만나 술을 마신다. 아니면 김형태가 소개해 준 PD를 만났다. 열흘간 그녀를 쫓는 동안 김형태 외에도 다른 남자와 함께 두 번이나 호텔에 가는 것을 목격했다.

도수의 입장에서는 헛웃음만 나왔다.

호텔에서 나온 그녀는 김형태의 전화를 받고 시간에 맞춰 집에 들어간다.

어떤 행동 방식으로 움직일지 훤히 보인다.

도수는 정오에 그가 생각해 온 것을 실행하기로 마음먹었다.

그녀가 사는 오피스텔 곳곳에 CCTV가 걸려 있지만 개의치 않았다.

누군가 그것을 눈으로 직접 확인하기 전까지는 무용지물이다.

24시간 수많은 화면에 눈을 두고 있을 수 있는 사람은 없을 테니까.

더군다나 오피스텔 경비원은 오십이 넘은 중년 아저씨들이었다.

그들이 혈기에 넘쳐서 일을 할 것으로 생각되지는 않는다.

또한 그들은 12시간 맞교대였다. 정오 12시부터 다음 날 정오 12시까지 근무를 선다고 보면 된다.

즉, 정오는 그들이 인수인계를 할 시점이다. 전 근무자는 빨리 퇴근을 하고 싶어 할 테고 후 근무자는 차라도 한잔하면서 하루에 일과를 시작할 터였다.

그들은 도수가 오피스텔 안으로 들어서는 것을 볼 확률은 지극히 낮았다.

만약 본다고 하더라도 사건이 터지지 않는다면 이상하게 생각하지 않을 것이다.

도수는 인터넷에서 산 택배 옷으로 갈아입었다. 어디서나 볼 수 있는 흔한 택배 옷이었다. 얼굴이 잘 보이지 않게 모자는 깊게 눌러썼다.

그리고 라면 박스 두 개 크기에 상자를 들고 오피스텔로 향했다.

박스 안에는 신문지 몇 개만 들어 있을 뿐이었다. 어렵지 않게 들 수가 있었다.

그는 경비실 앞을 지나가며 몇 번 끙차 거리며 힘이 든 행동을 취했다. 그리고는 가볍게 인사말을 하고는 앞을 지나쳤다.

역시나 인수인계에 바쁜 두 경비원은 도수를 제대로 확인하지 않았다.

얼굴은 물론이고, 방명록에도 적지 않았다.

다만 간단히 회사를 묻기에 가장 많이 드나들던 회사 이름을 대며 대충 얼버무렸다.

경비원들은 고개만 끄덕이고는 도수를 통과시켰다.

도수는 크게 심호흡을 했다.

별것도 아닌데 심장이 펌프질을 하는 것처럼 세차게 뛰었다.

심장의 소리가 줄어들자 침착하게 벨을 눌렀다.

정오.

아직 그녀가 자고 있을 시간이다. 자고 있기에 제대로 된 판단을 하지 못할 가능성이 높았다.

받지 않는다.

두 번을 더 누르자 그제야 그녀가 '누구세요'라고 물어왔다.

대단히 짜증이 난 목소리였다. 도수는 인터폰에 대고 말했다.

"택배입니다."

[택배요? 아, 씨발. 자고 있는데 짜증나게. 거기 경비실에 맡겨 두고 가요.]

"직접 수령하셔서 사인을 해야 됩니다."

[사인이오?]

"네."

[누가 보낸 건데요.]

"음, 김형태 씨라고 적혀 있네요."

[정말요?]

"네, 그렇습니다."

[문 열게요. 올라오세요.]

김형태라는 이름을 들은 것만으로도 여자의 목소리는 갑자기 밝아졌다.

인터폰에서 보이는 커다란 박스를 보며 무엇일까 기대하는 마음이 부풀어 올랐을 것이다.

띵—

굳게 닫혀 있었던 자동문이 열렸다. 도수는 박스를 들고 안쪽으로 들어갔다. 문이 닫히자 차갑게 불던 바람이 차단된다.

엘리베이터 버튼을 누르고 탄다.

같이 타는 사람은 없었다. 중간에 서지도 않았다. 그가 탄 엘리베이터는 8층까지 곧장 올라갔다.

엘리베이터 문이 열리자 복도가 나왔다. 복도는 일자로 되어 있었다. 근래 지은 오피스텔인지 집 안에서 양 방향으로 훤히 내려다볼 수 있게 지어졌다.

도수는 미수의 집 앞에 섰다.

한 번 벨을 눌렀다. 안에서 '잠시 만요'라고 말하는 소리가 아주 작게 들렸다. 복도가 조용하지 않았다면 들리지 않을 소리였다.

도대체 무슨 생각으로 집 안에서 소리를 질렀을까.

방음이 되어 있는 건물 안에서 저렇게 소리를 지르면 밖에 사람이 들린다고 생각했던 것은 아니겠지.

덜컹.

문이 열렸다. 그동안 멀리서 지켜봤던 미수라는 여자가 앞에 있었다.

도수가 엘리베이터를 타고 올라오는 짧은 시간 동안 약간의 몸단장을 한 것 같았다.

지저분하게 부풀어 올랐던 머리는 단정하게 올려서 꽉 묶었고, 얼굴에도 옅은 화장은 한듯했다.

벌린 입에서는 상큼한 냄새가 났다. 아마 구강청정제를 썼겠지.

그녀는 민소매 티셔츠 한 장과 허벅지가 훤히 보이는 짧은 반바지를 입었다.

일부러 몸매 자랑을 하려는지 브래지어도 하지 않았다. 풍만한 가슴이 민소매 티셔츠 위로 그대로 드러난다. 자세히는 아니지만 유두가 티셔츠 위로 툭 튀어나와 있었다.

"험험."

도수는 자신도 모르게 헛기침을 하고 말았다. 그런 도수를 바라보는 미수의 눈빛이 묘하다.

색기가 철철 넘친다고 할까.

노출증도 있는 것처럼 그녀는 일부러 허리를 숙이며 도수가 건넨 박스를 받았다.

"어머, 왜 이렇게 가벼워요? 크기만 크고."

"그건 이것 때문입니다."

도수는 박스를 그대로 밀어 버렸다.

미수는 박스를 놓고 다른 곳을 잡아 균형을 유지할 생각을 하지 못했다.

그녀가 뒤로 넘어간다.

쿵!

강하게 바닥이 울렸다. 상당히 큰 울림.

꼬리뼈가 정통으로 바닥과 부딪쳤는지 그녀는 허리를 부여잡고 일어나지 못했다.

꽤나 아픈 모양이다.

도수는 문을 닫았다. 도망갈 수 없게 문고리를 넣어서 잠근다.

"아오, 아파. 당신 뭐야!"

아픔이 조금 가셨을까.

미수는 앙칼진 목소리로 외쳤다.

눈빛은 먹이를 빼앗긴 고양이 같았다. 손톱이라도 든다면 고양이라고 하더라도 믿겠다.

도수는 주머니에서 액체가 든 병을 하나 꺼냈다. 겉에는 클로로포름이라고 쓰여 있었다. 그것이 무엇인지는 미수는 모른다.

그저 악다구니를 쓰며 '넌 뒈졌어. 내가 누군 줄 알아. 넌 끝장이야. 다신 세상 빛을 보지 못하게 해 주지. 당장 나가, 이거 경찰로 해결될 문제가 아니야. 내가 누구 여잔 줄 알아!' 외쳤다.

그러나 도수는 아무런 말을 하지 않았다. 묵묵히 자신의 일을 한다.

손수건을 꺼내 클로로포름을 묻히고 미수에게 다가갔다.

불안감을 느낀 미수는 연신 뒤로 물러났다. 아직도 엉치뼈가 아픈지 후다닥 일어나지는 못했다.

그녀는 등을 돌리고서는 거실로 엉금엉금 기어갔다. 그쪽을 보니 거실 탁자에 핸드폰이 놓여 있었다.

너무나 안일한 생각을 하는 거 같았다.

자신이 처한 처지도 모르고. 어떤 일이 일어날지도 예측하지 못하고.

도수는 그녀의 등 뒤로 가서 코와 입에 클로로포름을 묻힌 손수건을 댔다.

잠이 드는 대는 10초도 걸리지 않았다. 그녀가 풀썩 쓰러지자 도수는 모자를 벗었다.

그리고 창문 밖을 바라봤다.

오피스텔 왼쪽 편으로 또 다른 오피스텔에 고개를 들고

있었다. 자세히 눈을 뜨고 본다면 이쪽 상황을 보지 못할 것도 아니었다.

시간을 벌기 위해서 그렇게 둘 수는 없었다. 도수는 거실에 붙어 있는 커튼을 쳤다.

밖에서 인공적인 빛이든, 햇빛이든, 달빛이든, 별빛이든, 빛이 들어올 수 있는 모든 곳을 꼼꼼하게 차단했다.

해가 지고 밤이 됐다.

그 시간 동안 미수에게는 15통에 전화가 울렸다. 두 통는 도수도 잘 아는 김형태였고, 나머지 열셋 통는 다른 남자였다.

물론 상황이 그런 만큼 전화는 받지 않았다. 문자가 계속 들어온다.

—우리 애기, 요즘 뭐하고 지내? 얼굴 한 번 봐야지. 거기서 볼까? 콜해 줘.

—나야. 신 피디. 나 두 달 뒤에 미니시리즈 들어가는데. 혹시 생각이 있나 해서. 오늘 시간 어때? 얼굴 보면서 얘기해야 하지 않을까.

—누나, 저 정태에요. 며칠 째 연락이 없더라. 뭐야, 나 먹고 버린 거야? 그런 거야? 아, 치사해. 나밖에 없다고 할 때는 언제고. 누나, 연락해요. 아, 우리 기획사 새로 데뷔한 애들 알죠? 요즘 핫 한 애들. 걔들하고 같이 있거든요. 누나가 좋아할 만한 애들이잖아요. 놀고 싶으면 콜해요. 저희

가로수 길에 있을게요.

그들이 하는 말들.

무엇을 뜻하는지 도수가 못 알아볼 리 없었다.

도대체 이 여자의 정체가 무엇일까, 궁금하기까지 했다.

도수는 거실에 있는 소파에 앉았다. 미수는 그녀의 앞에 있는 식탁 의자에 묶여 있었다.

팔목은 뒤로, 발목은 탁자 다리에 묶여 있어 움직이기가 쉽지 않았다.

거실의 불은 켜지 않았다. 침실에 있던 이케아 조명을 가지고 와서 켜 놓았을 뿐이다.

연인들 사이라면 분위기가 좋았을 테지만 지금은 아니었다.

도수와 미수 사이에 있는 약간의 밝음은 두려움을 조장했고, 등 뒤로 퍼진 어둠은 섬뜩함을 연상시켰다.

도수는 미수를 어쩔 생각이 전혀 없었다.

겁을 줄지는 몰라도 그의 원수는 김형태였지 미수가 아니었기 때문이다.

이번 일이 끝나면 미수에게도 정식으로 사죄를 할 생각이었다.

그녀가 받아들일 것이라고는 생각하지 않는다. 진심이 통할 것이라고도 생각하지 않는다.

그녀의 입장에서 지금 상황은 매우 두렵고, 공포스러울 테니 말이다. 자신이 죽을지도 모른다고 상상할지 모른다.

자신도 건달들에게 당할 때 그런 공포를 느끼지 않았던가. 이 여자는 더욱 큰 두려움을 느끼고 있을 것이다.

하지만, 아주 의외의 곳에서, 아주 의외의 인물에게서, 아주 의외의 말이 튀어나왔다.

도수가 미수의 입에 물렸던 헝겊을 벗긴 순간이었다.

"나는 죄 없어. 당신 그 아줌마의 아들이지? 형태 씨에게 다 들었어. 회식 자리까지 쫓아와서 사과하라고 했다면서. 형태 씨는 코웃음을 쳤지만 나는 이해해. 많이 화가 날 거야. 아주머니를 그렇게 죽였으니까."

순간 도수는 머리가 띵해졌다.

해머로 맞으면 이런 느낌이 들까. 지금 이 여자가 무슨 소리를 하는지 전혀 알아듣지 못했다.

조금 시간을 들여서 그녀가 한 말을 곱씹어 보았다.

그 아주머니를 그렇게 죽였으니까.

도수는 미수의 멱살을 잡았다. 브래지어도 하지 않은 민소매 티셔츠가 도수의 손에 잡혀 끌려 올라왔다.

배꼽이 훤히 드러났지만 서로가 그것을 인식하지는 못했다.

"그게 무슨 소리야. 누가 우리 어머니를 어떻게 죽였다고?"

"다, 다 알면서 왜 그래. . 그래서 복수하려고 찾아온 것 아니야. 나는 아니라니까. 난 정말 말렸다고."

도수는 자신도 모르게 그녀의 목을 부여잡았다.

당장이라도 부러트리고 싶은 강렬한 살의를 강하게 느낀

다. 숨이 거칠어지고 눈동자에서 핏발이 섰다.

"컥컥컥."

미수는 괴로운지 몸을 비틀었다.

혀가 축 늘어지고 입에서는 거품이 흘러 입술을 타고 흘렀다.

그녀의 눈동자에서는 살려 달라고 외쳤다.

그럼에도 도수는 그녀의 목을 놓지 않았다.

이 여자는 목격자다.

이 여자가 어머니의 죽음을 목격했던 것이다.

4.

낙인

CITY OF
WILD BEAST

이런 엿 같은 상황이 또 있을까.

놈에게 복수를 하기 위해서 잡아 두었던 여자의 입에서 상상도 하지 못했던 말이 튀어나왔다.

현재 도수는 자포자기를 한 상태다. 어머니는 죽었고, 동생은 실종 상태였다.

이성적으로는 살아 있다고 믿지만 가슴으로는 다시 동생을 볼 수 없을 것이라는 불안감이 등줄기를 타고 뇌리를 계속해서 건드렸다.

불안감은 혀를 깨물고, 어금니를 물며 억지로 생각 밖으로 밀어 놓았다.

그렇기에 지금과 같은 일이 벌어진 것이다. 만약 동생에게 연락이라도 한 통이 있었다면 무슨 일이 있어도 참았을

지 모른다.

아니, 참았을 것이다.

희망이라는 것이 남아 있었을 테니까.

하지만 지금은 아니었다.

그는 자신의 심장을 뭉개 버린 김형태를 향한 적개심만이 남아 있을 뿐이었다.

그가 고통스러워하는 모습만 볼 수 있다면 교도소에 간다고 하더라도 상관이 없었다.

그러나 지금 이 여자가 하는 소리는 무엇인가.

도수는 그 여자가 하는 소리를 들으면서 공황상태에 빠졌다.

머리를 잡고 창문을 열고는 뛰어내리고 싶은 강렬한 충동에도 사로잡혔다.

"으아아악!"

끓어오르는 분노를 참지 못해 거실에 있던 값 비싼 물건들을 마구 집어 던졌다.

도자기가 깨지고, TV의 브라운관이 박살이 났다. 깨진 꽃병에서 물과 활짝 폈던 꽃들이 바닥에 떨어져 난잡하게 흐트러졌다.

미수는 오들오들 떨며 그런 도수를 지켜보고만 있었다.

그녀는 저자가 김형태를 이곳으로 유인한 뒤 자신과 함께 죽일 것이라고 여겼다.

어떡하든 저자를 설득해야 한다.

자신은 죄가 없다고, 모든 것은 김형태가 저질렀다고. 아무리 김형태가 돈이 많으면 뭘 하는가. 자신이 죽으면 돈이란 부질없는 것이다.

여기서 살아나기만 한다면 미래는 찬란하게 빛이 날 수 있었다.

더 이상 스폰서 따위를 구하지 않아도 된다. 보름 이상은 납치된 연예인 이 모씨로 TV와 나올 테고, 실명도 곧 거론될 것이다.

그동안 몸을 팔며 미친 듯이 뛰어다녔던 것보다 열 배 아니, 백 배 이상의 홍보 효과가 있을지도 몰랐다.

스토커에게 납치가 되어 기적적으로 살아난 이미수.

그녀는 침착하게 스토커를 설득하여 죽음의 공포에서 해방이 될 수가 있었다. 그녀가 아니었다면 경찰은 그리 쉽게 스토커를 제압할 수 없었을 것이다.

이런 식으로 기사가 난다면 최고의 시나리오였다.

물론 지금 이 상황을 타개해야만 한다. 최고의 시나리오지만 일단을 살아야 하니까.

그러기 위해서 키가 큰 사내의 적의를 김형태에게 돌리려고 했다.

도수가 미수에게 다가왔다. 눈동자에서 시퍼런 살기가, 줄기줄기 뿜어져 나왔다.

광기까지 보였다. 미친 것처럼도 보인다.

미수는 가슴이 서늘해지는 것을 느꼈다. 지금은 시나리오

따위를 만들 때가 아니었다. 저자를 설득하지 않으면 어떤 일을 당할지 모른다.

"말해! 그날 있었던 일을 토씨 하나 빠트리지 말고 말해!"

고개를 마구 끄덕인 미수는 겁에 질린 표정으로 그날 있던 이야기를 풀어 놓기 시작했다.

그날은 해가 지기 시작했을 때부터 비가 부슬부슬 내렸다. 많은 비는 아니었지만 창문에 톡톡 떨어지는 빗방울을 보자면 마음이 싱숭생숭 해지는 그런 날이었다.

마침 김형태에게 전화가 왔다.

야외로 드라이브를 가자고 한다.

그와의 관계가 시작된 것은 반년 전의 일이었다. 모르는 전화가 왔고 미수는 받았다.

PD나 기획사에서 오는 전화일 수도 있기 때문에 모르는 전화도 빠짐없이 받는 그녀였다.

그는 다짜고짜 자신을 소개했다.

나진 기업의 마케팅 실장이고 총수의 셋째 아들.

그러고 한 번 만났으면 좋겠다고 말했다.

무슨 의도로 그런 말을 하는지 미수는 대뜸 알아들었다. 전화상으로 듣는 그의 목소리는 거칠 것이 없었고 무례하기까지 했다.

전형적 안하무인의 말투.

일반인들과는 상식 자체가 다르지 그럴 수도 있다고 미수
는 생각했다.

그는 1년에 3억이라는 거금의 스폰서를 제안했다.

3억.

이 바닥에서 발버둥을 치고 있던 그녀로서는 상상도 못할
어마어마한 금액이었다.

그녀는 두 번 생각하지 않고 승낙했다. 튕기는 것은 이들
에게 통하지 않았다. 두 번 제의하지 않는다는 것도 알고
있었다. 괜히 튕겼다가 3억이라는 거금을 날릴 수 없었다.

바로 다음 날 형태는 오피스텔을 마련해 주었다.

연예인 지망생들 셋과 반 지하에서 생활하던 그녀에게 형
태가 마련해 준 오피스텔은 천국이나 다름없었다.

그녀는 그렇게 형태의 정부가 되었다.

종종 변태적인 행위를 요구해서 그렇지 생활은 나쁘지 않
았다.

돈은 차고 넘칠 정도로 많아지고, 생활은 윤택해졌다.

톱스타가 되지 못한다고 하더라도 이 생활 3년이면 직접
운영할 수 있는 가게 하나 정도는 마련할 수 있을 듯했다.

사건이 일어나기 몇 시간 전, 둘은 강남의 한 바에서 만
났다.

칵테일을 두 잔씩 마신 뒤 그들은 강화도로 드라이브를
떠났다.

강화도는 서울에서 인접해 있고 꽤나 멋진 펜션이 많기에

김형태와 미수는 종종 이용했다.

김형태는 운전 중 도로 위에서 노골적으로 그녀의 젖가슴을 주물렀다.

미수는 거부하지 않았다. 항상 있는 일이었다.

서울 한복판에서도 그의 손길은 거침없이 속옷 안으로 파고 들어왔다.

처음 그의 손을 거절했다 따귀를 한 대 맞고, 창녀 취급까지 받았다.

김형태는 한 번 흥분하기 시작하면 눈동자가 휙 뒤집혀서 거친 말을 서슴지 않고 한다.

분노 조절 장애가 있는 듯했지만, 미수는 참을 수밖에 없는 을의 입장이었다.

그가 그대로 떨어져 나간다면 쥐 굴과 같은 그곳으로 돌아가야 하기 때문이었다.

형태는 많이 흥분한 모양이었다.

강화도에 가기 전에 차에서 미리 사랑을 나누고 싶어 했다.

그는 성욕이 일어나면 차건, 건물 옥상이건, 화장실이건 심지어 오피스텔 복도에서도 그녀의 속옷을 벗겼다.

비가 왔기 때문일까, 아니면 다른 곳에 한눈에 팔렸기 때문일까.

그들이 탄 승용차가 외진 길로 들어섰을 때 그 사고가 일어나고 말았다.

끼이이익—

형태는 브레이크를 너무 늦게 밟았다. 이미 그의 차는 차도를 건너던 한 아주머니를 치고 말았던 것이다.

차에 치인 아주머니는 차 보닛을 타고 올라온 후 앞으로 튕겨져 나갔다.

당시 미수는 너무 놀라서 비명도 지르지 못했다. 그녀와 형태 앞에 아주머니가 쓰러져 있었다.

입에서는 피가 울컥울컥 흘러나와 새로 깐 시커먼 아스팔트를 적셨다.

부슬부슬 내리던 비가 피를 하수구로 흘려보내 주었다.

그녀의 팔과 다리도 심하게 꺾여 있었다.

그대로 두면 죽을 것만 같았다.

순간 아주머니와 미수의 눈이 마주쳤다.

아주머니는 무엇을 말하고 싶은지 입을 뻐끔거렸다. 눈동자는 매우 슬펐고 눈물이 흐르고 있었다.

하지만 미수가 가장 먼저 떠올린 감정은 무섭다는 것이었다.

어떡하든 이곳에서 벗어나고 싶었다.

"1, 119에 신고 해야지, 오빠. 이, 이대로 두면 저 사람 죽어."

"씨발, 좆 됐네. 잠깐만, 잠깐만 있어 봐."

김형태는 핸들을 잡고 부들부들 떨었다. 경기를 일으킨 것처럼 한참이나 그러고 있었다.

"어서 신고하자, 오빠. 정신 차리라고."

미수는 김형태를 재촉했다.

하지만 형태는 고개를 좌우로 흔들었다. 어떤 마음을 굳혔는지 그의 눈빛은 차갑게 식어 있었다.

그의 얼굴을 보자 미수는 소름이 돋는 것을 느꼈다. 설마 아니겠지, 라는 생각을 하며 곧 있을 상황에 대해서 부정을 했다.

하나 그녀의 불길한 생각은 들어맞았다.

"난 술을 마셨다고. 음주사고면 가중 처벌되는 거 몰라? 가만히 있어."

"사, 사람이 죽을지도 모른다고."

"가만히 있어. 내가 알아서 할 테니까."

형태는 차에서 내린 후 부서진 부분을 살펴봤다. 쓰러져 있는 아주머니를 쳐다보지도 않았다.

그녀가 계속해서 입을 뻐끔거리며 무엇인가 말을 했지만 듣지도 않는다.

그의 머리 위로 떨어진 비로 고급 정장이 젖는다. 비로 인해서 피와 차에 부서진 부품 조각들이 모두 쓸려 내려갔다.

"큭큭큭, 이것 참. 하늘도 내가 감방에 가는 것을 원치 않는 모양이군. 하긴, 나 같은 최고급 인재가 이런 일에 휘말리는 것 자체가 나라의 손실이니까."

그의 얼굴에서 미소가 지어졌다.

랜턴으로 혹여 있을 자신의 흔적을 모조리 찾은 후 없다는 것을 확인하자 긴 한숨을 내쉬며 운전석에 앉았다.

몇 번이나 주변을 확인했지만 개미 새끼 한 마리 보이지 않는다.

사고가 난 차도는 횡단보도가 아니었다. 횡단보도가 아예 보이지 않았다.

이제 막 생겨 나고 있는 공단이라 그런지 CCTV도 설치되지 않았다.

"야, 봤어?"

"뭐, 뭘?"

미수는 겁에 질린 채 두 눈을 동그랗게 뜨고 형태를 바라봤다.

"저년이 갑자기 차도로 뛰어들었잖아."

모르겠다. 그녀의 시선도 앞을 보고 있지 않았다.

눈을 앞으로 돌렸을 때 이미 사고가 난 후였다.

"저년이 갑자기 차도로 뛰어들었지?"

형태는 사납게 물었다.

"으, 응."

"만약 경찰이 물어보면 그렇게 말해. 갑자기 저 여자가 뛰어들었다고, 알았어?!"

"아, 알았어."

"좋아, 내가 알아서 할 테니까 넌 시키는 대로만 해. 이 바닥에서 살아남고 싶으면."

미수는 고개를 끄덕였다.

형태는 하늘이 도왔다고 생각하는 모양이었다.

모든 일이 끝나자 형태는 술이 깰 때까지 기다렸다. 다행히 칵테일만 마셔서 그런지 술은 금방 깨었다.

그는 변호사를 부른 후 112에 신고를 했다.

곧 이어 경찰들이 도착했지만 그들은 형태와 제대로 이야기를 할 수가 없었다.

모든 대화는 변호사를 통해서 문답을 주고받아야만 했다.

경찰들은 김형태의 신분이 확실하다고 여겨 약식적인 조사만 맞춘 뒤 귀가시켰다.

뒷일은 변호사에게 맡긴 김형태는 미수를 데리고 서울로 되돌아왔다.

형태는 서울 어느 거리 한복판에서 십만 원짜리 수표 다섯 장을 주며 내려 주었다.

알아서 가라는 소리였다.

택시를 타고 집에 도착한 미수는 술을 찾았다. 도저히 술을 마시지 않고는 잠이 올 것 같지 않았다.

"죽었을까? 아니야, 살았을 거야. 병원에 갔잖아. 그러니까 살았을 거야."

미수는 필름이 끊기도록 술을 마신 뒤에야 잠을 청할 수가 있었다.

다음 날 형태는 오피스텔로 미수를 찾아왔다. 통장 번호를 가르쳐 달라고 하였다.

왜냐고 물었더니 형태는 씩 웃으면서 대답했다.

"있는 사실 대로 말을 했기 때문에 주는 상이야. 우리는 잘못한 것이 없거든. 그 미친년 때문에 우리는 즐거운 하룻 밤을 악몽 속에 보내게 됐잖아."

"하, 하지만 그 아주머니는……."

"그년, 뭐."

"주, 죽었을지도 모르잖아."

"내가 알게 뭐야. 갑자기 차도로 뛰어든 그년이 잘못한 거지. 오히려 놀란 것은 나야."

미수의 피부에서 오돌오돌 소름이 돋았다.

일어난 사건보다 형태가 무섭다는 생각이 들었다.

하긴, 이자는 대한민국 상류 1퍼센트에 속해 있다. 이자 가 마음만 먹으면 무엇이든 만들어 낼 수가 있었다.

설사 사람을 죽여도 언론 조작을 통해 얼마든지 빠져나갈 수 있는 자였다.

하물며 아무런 증인이 없는 그 상태에서는 얼마든지 형태 의 뜻대로 상황을 조작할 수가 있었다.

그의 말에 따르면 다른 경찰서로 사건이 넘어갔다고 한 다.

모르긴 몰라도 나진 기업과 손이 닿아 있는 경찰서로 넘 어갔을 것이다.

피해자들 입장에서는 극심할 정도로 고통을 당하겠지만, 김형태는 발가락의 떼만큼도 그들을 생각하지 않는다. 그가 늙어서 죽을 때까지 피해자가 누구였는지 모를 가능성이 높았다.

아니, 일주일 사이에 그 사건 자체를 머릿속에서 지워 버릴지도 모른다.

김형태는 그런 남자였다.

미수는 그에게 통장 번호를 가르쳐 주었다.

빙그레 미소를 지은 형태는 보는 앞에서 1억이라는 거금을 이체시켜 주었다.

미수는 통장을 바라보았다.

0이 자그마치 8개.

김형태에게 스폰서로 3억이란 돈을 받고 있기는 하지만 한꺼번에 들어오는 것이 아니었다. 때로는 현금으로, 때로는 명품 가방으로, 때로는 고급 승용차로 각기 나눠서 들어온다.

그렇기에 1억이란 거금이 통장에 찍힌 것은 머리털이 나고 처음이었다.

이건 사람의 목숨값이다.

사람을 죽인 대가로 받는 돈.

하지만 죄책감은 잠시였다.

죄책감이 사라지고 점점 불어나는 그녀의 감정은 돈에 대한 욕망이었다.

차라리·형태가 10명의 사람을 죽이면 10억이라는 거금도 받아 낼 수 있다는 생각까지 하게 이르렀다.

사건의 전말이었다.

미수는 자신의 생각과 돈을 받은 일까지는 도수에게 말을 하지는 않았다.

도수는 소파에 앉은 채 잠자코 미수의 말을 끝까지 다 들었다.

미수의 말이 끝났음에도 도수는 움직이지 않았다.

두 손가락으로 미간을 주무른다. 그 외에는 아무런 말도 하지 않았다.

"나, 나는 아무 잘못이 없어요. 정말이에요. 신고하자고 했고요. 사실대로 말을 하고도 싶었다고요. 하지만 저는 김형태가 무서웠어요. 김형태가 얼마나 무서운 사람인지 당신도 잘 알잖아요. 입만 잘못 벙긋해도 저는 연예계에서 매장을 당한다고요."

도수가 아무 말이 없자 미수는 다시 필사적으로 자신을 변명했다.

도수는 핸드폰 녹음기가 제대로 녹음이 됐는지 확인을 한 후 자리에서 일어났다.

허리를 피고는 창가로 다가갔다. 조금 커튼을 옆으로 치고 밖을 바라봤다.

창문 밖에는 화려한 네온사인과 헤드라이트를 켠 차량들이 개미들처럼 줄지어 도로를 달리고 있었다. 저 차들 중에서 놈이 타고 있을지도 모른다.

미수가 전화를 받지 않으니 당장 달려올지도 몰랐고, 신경 쓰지 않고 내일 전화를 다시 할지도 몰랐다.

김형태.

이 찢어 죽여도 시원찮을 놈.

개자식보다 못한 놈으로 인해 가슴은 화산이 폭발한 활화산처럼 뜨거웠지만 머리는 차갑게 식어 갔다.

냉정하게, 더욱 냉정하게를 의식적으로 되뇌었다.

놈이 의도적으로 사고를 은폐했다는 것이 확실했다. 은연중에 어머니의 실수도 어느 정도 있을 것이라고 생각도 했었다.

하지만 미수의 말을 듣는 순간 모든 것을 정정했다.

정황상 놈은 앞을 보지 않았고, 어머니가 길을 건너는 것도 보지 못했으며, 긴급 구조를 했다면 살 수 있던 사건을 자신의 죄를 덮기 위해 의도적으로 늦췄다는 것이다.

무단횡단을 한 것은 맞다.

하지 말아야 할 행동이라는 것도 맞다.

하지만 죽어야 할 정도로 몹쓸 죄는 아니라는 것이다.

도수는 벽에 걸려 있는 시계를 보았다. 초침은 어느새 12시를 향해서 빠르게 다가가고 있었다.

평상시에 놈이 이 집에 들르는 시간은 11시에서 11시 반 사이.

오늘은 오지 않을 생각인가.

혹시 모르니 기다려 봐야 한다. 시간이 가면 갈수록 불리

해지는 것은 그였다.

미수가 계속 전화를 받지 않는 것도 의심을 받을 여지가 있었다.

이곳 경비원만 해도 그렇다. 미수가 여행을 가지 않았다면 몇 시에 나가고, 몇 시쯤 들어오는 것쯤은 훤히 꿰고 있을 터였다.

길면 내일 저녁, 아무리 길게 잡아도 모레까지가 미수를 잡아 놓을 수 있는 최대한의 시간이었다.

그 시간이 지나게 되면 친구든, 형태든, 경찰에 연락할 확률이 높았다.

아무것도 못해 보고 잡히기는 싫었다.

도수는 주머니에 넣은 핸드폰을 보았다. 과연 이것이 얼마나 법적 가치를 지닐까.

형태의 입에서 나온 말이 아니다. 미수는 목격자이기는 하지만 공범이기도 했다.

쌍방이 진실 공방을 벌일 가능성이 높았다. 그리고 그 승자는 형태가 될 확률이 99퍼센트가 넘는다.

이것 말고도 놈이 어머니의 죽음을 고의적으로 방치했다는 증거를 찾아야 했다.

채각채각.

시간은 계속해서 간다.

낮에는 거의 들리지 않는 시계 바늘 소리지만 지금은 심장박동 소리만큼이나 크게 들렸다. 귓가에서 징을 울리는 것처럼 채칵채칵 소리는 심적 압박을 가해 왔다.

창밖으로 지나치는 차들의 숫자가 줄어들었다.

도수는 커튼을 닫고 미수의 핸드폰을 확인했다. 12시가 넘어서 몇몇 친구들의 전화가 왔지만 형태에게는 걸려 오지 않았다.

마음이 진정되지 않는다.

커피 포트를 찾아서 물을 끓였다.

상류층 사람들은 고급 커피만 마실 줄 알았더니 아닌 것 같다.

찬장에 커피믹스가 두 통이나 있었다.

근래 TV에서 유명 톱스타가 재미난 후크 송을 부르며 한창 주가를 올리고 있는 커피믹스였다.

미수를 바라봤다.

그녀는 고개를 푹 숙이고 있었다. 죄책감? 절대 그럴 리가 없었다.

도수도 바보가 아니다. 비록 공부를 잘하지 않았지만 최소 보통은 됐다.

상식도 있었고, 이런 일만 겪지 않았다면 보통 사람처럼 살아가고 있었을 것이다.

미수라는 년은 자신이 벌인 일은 쏙 빼놓고 얘기했다는 것을 알고 있었다.

그녀가 한 말, 그녀의 감정, 사후 처리 등 불리하다고 싶은 내용들은 하나도 얘기하지 않았다.

지금 그녀는 머리를 쓰고 있는 것이다.

도수가 자신을 불쌍하게 여기도록 혹은 미안한 감정을 느끼도록.

그다지 머리가 좋아 보이지는 않지만 여자라는 무기를 어떻게 사용해야 하는지 확실하게 인식하고 있었다.

처음에는 그녀에게 손가락 하나 댈 생각이 없었다. 물론 이곳에 있는 물건들도 마찬가지였다.

하나 지금은 그럴 필요가 없었다.

김형태나 저년이나 똑같은 놈들이다.

평상시에 커피를 먹지 않아서인지 카페인 성분이 들어가자 멍했던 머리가 맑아졌다.

채칵채칵.

새벽 두 시가 넘었다.

오지 않을 생각인가.

그럴 가능성이 높아졌다. 이제 또 다시 하루를 저 여자와 보내야 한다.

여자에게 식사를 줘야 하나, 화장실에 가고 싶다고 하면 어쩌지, 어떤 식으로 보내야 하나, 전화기는 켜야 할까, 꺼야 할까, 별의별 생각이 다 떠올랐다.

나름 준비를 했다고 하지만 막상 한 여자를 인질로 잡고 나니 신경 쓸 일이 엄청나게 많았다.

그때였다.

띠—띠—띠—띠.

디지털 도어락의 비밀번호 누르는 소리가 들렸다.

이 시각에 누가 번호 키를 누를지 두 번 생각하지 않아도 알 수가 있었다.

그토록 도수가 애타게 기다리던 그가 들어올 것이다.

심장박동이 빨라졌다.

고등학교 시절 100미터 달리기를 마쳤을 때도 이렇게 심장이 뛰지 않았을 것이다. 너무 심장이 뛰어서 입으로 튀어나올 것만 같았다.

오피스텔 현관문은 매우 좁아서 문 뒤로 숨기가 마땅치 않았다.

어쩌지, 어쩌지?

이제 곧 문이 열린다.

도수는 이 상황을 염두하고 몇 번이나 시뮬레이션을 해 왔다.

머릿속에 상황을 떠올리자 무엇을 해야 하는지 빠르게 정리가 되었다.

우선 거실 탁자 위에 올려놓았던 칼을 주웠다. 그리고 헝겊을 들어서 여자의 입을 막은 후 의자를 끌어서 TV 옆으로 데려다 놓았다.

그 장소가 현관에서 보이지 않는다.

미수는 죽은 듯이 입을 다물고 있었다.

동요하고 당황하는 눈초리지만, 자신의 목숨이 도수의 손에 달려 있다는 것쯤은 원숭이의 뇌를 가졌다고 하더라도 알 것이다.

끽—

현관문이 열렸다.

도수는 미수가 있는 거실 벽에 등을 기댔다. 칼에서는 신문지를 벗겨 냈다.

하필 신문지가 잘 벗겨지지 않는다. 손이 덜덜 떨리고 마음은 조급해서 한 번에 벗겨 낼 수 있는 신문지를 몇 번이나 뜯어 내야 했다.

스윽.

김형태가 들어온다.

젠장. 조명이 켜져 있다.

저것부터 껐어야 하는데 실수였다.

불행 중 다행이랄까.

형광등을 켜지 않고 조명을 켠 덕분에 놈의 그림자가 확실하게 비쳤다.

그의 그림자는 점점 길어졌다. 길어진 그림자는 거실 바닥을 지나 커튼이 있는 곳까지 늘어났다.

놈은 아무런 말을 하고 있지 않았다.

최소한 '이미수, 나 왔다. 어딨냐?'라고 말을 해야 했지만 너무도 조용했다.

도수는 그것을 깨닫지 못했다.

놈의 그림자가 다가올수록 머릿속이 새하얗게 변해 갔다.

그는 칼을 양손으로 굳게 쥐었다. 단숨에 놈의 허벅지를 꿰뚫을 심산이었다.

놈이 비명을 지르면 헝겊으로 입을 막고 팔과 다리를 묶은 후 소파에 눕히면 된다.

그리고 놈에게 실토를 받아 낼 생각이다. 놈에게 상해를 가했으니 자신도 죄를 받게 될 것이다.

하나 최소한 놈도 도수 이상의 타격을 받을 것이라 예상했다. 아니, 언론에만 알려지면 놈뿐만 아니라 나진 그룹도 꽤나 큰 타격을 입는다.

주가는 떨어지고 수십 년간 쌓아 왔던 이미지는 추락한다. 그것을 다시 쌓아 올리기 위해서는 엄청난 시간과 노력이 필요할 터였다.

놈에 의해서, 이 일로 놈은 많은 사람들에게 죄인으로 남을 것이다.

왔다.

놈의 옆모습이 보였다. 왜 그런지 몰라도 놈은 아주 천천히 오피스텔 안으로 들어서고 있었다.

도수는 두 번 생각할 필요도 없이 놈의 허벅지를 강하게 찔렀다.

푹!

"아아아악!"

귀청을 찢는 비명 소리가 울렸다. 놈이 허벅지를 부여잡고 바닥에 쓰러졌다.

칼을 뽑자 피가 분수처럼 쏟아져 나왔다.

소파로, 천장으로, 도수의 얼굴로, 식탁으로 온통 피로 범벅이 된다.

그는 허벅지를 부여잡고 몸을 비틀었다. 꽤나 고통스러운 모양이었다.

됐다.

도수는 뒷주머니에 있던 헝겊을 꺼내서 놈의 입에 넣으려고 했다.

도수는 마네킹이 된 것처럼 우뚝 서고 말았다. 초고속으로 움직이던 고속 열차가 화면을 정지한 것처럼 갑자기 멈춰 선 것 같았다.

쓰러져서 피를 흘리고 있던 사람은 김형태의 얼굴이 아니었다.

단정하고 고급스럽게 자른 머리가 아니고, 고등학교 시절처럼 짧은 스포츠 형태였다.

유명한 재단사가 만든 정장도 아니었다. 그는 움직이기 편한 활동복을 입고 있었다.

덩치도 비교가 된다. 김형태는 호리호리하지만 운동을 많이 해서 탄탄한 느낌을 주었으나 쓰러져 있는 사내는 건달처럼 우람한 덩치였다.

"……이자는?"

경찰서 안에서 깝죽대며 도수의 속을 뒤집었던 형사.

"씨발놈, 내 이럴 줄 알았지."

김형태의 목소리가 들렸다.

도수는 목소리가 들리는 곳을 향해 고개를 돌렸다. 현관은 활짝 열려 있고, 그 앞에 김형태가 서 있었다. 그의 앞에서 두 명의 형사가 총을 꺼내 도수에게 겨눴다.

아주 낯이 익은 형사들이었다.

배도일과 강찬수.

왜 이들이 여기에 와 있을까.

"김 형사, 괜찮아? 이 개자식! 뭐하는 거야, 무기 버려! 무기 버려!"

배도일이 방아쇠를 금방이라도 당길 것처럼 두 번이나 외쳤다.

도수는 형사들 뒤에서 주머니에 손을 넣고 있는 김형태를 쏘아 보았다.

그는 주머니에서 담배를 한 가치 꺼내 입에 물었다. 고급 지포라이터로 불을 붙이고는 앞으로 내뿜었다. 담배 연기는 도수가 서 있는 곳까지 흘러왔다.

그는 여유롭게 말했다.

"병신 같은 새끼, 지 어미에 이어서 새끼 놈도 속을 썩이는구만. 뭐, 어쨌든 끝났네. 어이, 좆같은 새끼야, 너 살인미수야. 감금에, 납치에, 크크크, 재밌네. 좋아, 최소 10년은 햇빛을 못 보게 해 주지."

팅―

도수의 머리에서 이성이 끊어지는 소리가 났다.

분노와 절망으로 가슴이 찢어져도 끝까지 잡고 있던 작은 이성은 그의 도발로 완전히 끊어지고 말았다.

"우오오오오오!"

도수의 입에서 짐승의 소리가 흘러나왔다. 인간이 낼 수 있는 소리가 아니었다.

그 소리는 흉폭하고 섬뜩했으며 등줄기를 오싹하게 만들었다.

"무기 버려! 쏜다!"

배도일 형사가 다시 외쳤다. 여차하면 쏘겠다는 의지를 분명히 했다.

"우오오오오오!"

도수의 두 눈에서 눈물이 흘러내렸다.

배도일 형사와 강찬수 반장은 자신의 눈을 의심했다. 조명 때문인지 도수의 눈에서 흘러내리는 눈물이 핏빛으로 보였기 때문이다.

잘못 본 것이 확실하다고 생각되지만 등줄기가 후들후들거리게 할 만큼 소름이 끼쳤다.

괴음을 내던 도수가 김형태를 쏘아 보았다. 눈동자의 초점이 사라졌다.

이미 도수는 이성을 잃었다.

감정의 급격한 변화가 눈동자를 통해서 확연하게 드러났다.

마치 광인 같았다.

이곳에 있는 모든 사람들이 살기를 느낄 수 있을 정도였다.

지금 도수를 잡지 않으면 어떤 일이 발생할지도 안다.

배도일과 강찬수의 팔뚝에서 솜털이 하늘을 향해서 곧추 섰다.

동시에 도수가 움직였다.

그는 칼을 머리 위로 들고 김형태를 향해서 뛰어올랐다.

그다지 멀리 않은 거리기에 세 발자국만 넓게 뛰면 충분히 닿을 수 있는 거리였다.

"어, 어쩌죠, 반장님."

도수가 막무가내로 덤빌 것은 예상 못했는지 배도일 형사가 다급하게 물었다.

그러나 대답은 김형태에게서 나왔다.

"뭐하고 있어! 쏴! 내 몸에 손톱 자국이라도 난다면 당신들 모두 옷 벗을 줄 알아!"

김형태의 말에 형사들은 방아쇠를 당겼다.

탕! 탕!

두 발의 총성이 울렸다.

5.

첫눈이 내릴 무렵

CITY OF
WILD BEAST

덜컹.

경북 북부 교도소의 작은 철문이 열렸다.

옆에 대형 버스가 다닐 법한 큰 철문이 있지만, 그 문은 굳게 닫혀 있었다. 안에서 누군가를 밖으로 내보낼 때는 열리지 않는 문 같았다.

작은 철문으로 누군가 모습을 드러냈다.

머리에는 털모자를 깊게 눌러쓰고 짙은 카고 색 건빵 바지에 허리까지 내려오는 군용 코트를 입고 있었다.

신장이 엄청난 사내였다.

족히 190㎝는 되는 듯했다. 키만 큰 것이 아니었다. 얇게 입은 옷 밖으로 튀어나온 근육들이 격투기 선수들을 연상시킬 정도였다.

짙은 눈썹과 상대를 압도하는 부리부리한 눈이 인상적이 었다.

턱부터 귀 밑까지 길게 이어진 자상은 사내의 인상을 더욱 험악하게 만들었다.

사내는 도수였다.

그는 깊게 숨을 들이켰다.

몇 년 만에 맡아보는 바깥 공기인지 모르겠다.

겨우 담장 하나 차인데 교도소 안과 밖의 공기는 확연하게 달랐다.

교도소 안에 공기는 침침하며, 무미건조, 맹물의 맛이라면, 담 너머의 공기는 달콤한 꿀이 잔뜩 들어 있는 것 같았다.

도수는 손을 내밀었다.

손바닥 위로 휘날리는 눈발이 떨어졌다.

예나 지금이나 눈의 색은 똑같았다. 이곳에 처음 들어올 때 보았던 음식점들도 그대로였다. 차도 중앙에 있는 가로수도 그대로고, 오고 가는 차량들은 예전과 크게 다르지 않아 보였다.

변한 것은 도수 자신뿐이었다.

아니, 놈들도 많이 변했겠지.

매서운 바람이 그의 몸을 훑고 지나갔다.

다른 사람이라면 몸을 움츠릴 만도 한데 그는 전혀 그런 것이 없었다.

어떤 바람이 불어도 꿈적하지 않는 고목을 보는 듯했다.

교도소 건너편에 몇 군데 음식점 앞에는 주인 아줌마들이 두터운 외투를 입고 싸리비를 들고서 눈을 쓸고 있었다.

"도수 형님."

누군가 도수를 불렀다.

도수는 목소리가 들린 곳을 향해 고개를 돌렸다.

약 20m 떨어진 곳에 말끔하게 정장을 차려입은 사내가 공손하게 서 있었다.

약 180㎝ 신장에 눈매가 날카로웠다. 약간은 마른 듯했지만 벗겨 놓지 않으면 그것은 모를 일이다.

입술은 철통처럼 굳게 다물어져 있어서 입을 함부로 놀리지 않는 사내인 것으로 짐작이 갔다.

사내의 뒤에는 검은색 중형 세단이 자리를 잡고 있었다.

"기현……."

도수가 나직하게 말했다.

"네, 형님. 저 기현입니다, 여기."

기현이 다가와서 도수에게 두부를 건넸다. 도수는 두부를 받아서 손으로 으깨 버렸다. 두부는 눈과 뒤섞여 차갑게 땅으로 떨어졌다.

기현은 도수의 손에 들린 비닐봉지를 받아서 정장 바깥쪽에 있는 주머니에 넣었다. 약간의 두부 국물이 흐르지만 개의치 않는 모습이었다.

"출소 축하드립니다."

"고맙군."

"가시죠. 제가 모시겠습니다."

도수는 잠시 멈칫거렸다.

그를 따라가도 되나 하는 생각 때문이었다. 하긴, 이제 그가 아는 연고는 없다.

이곳에 들어오고 난 후 강산이 한 번 변했다. 그가 알고 있는 사람도 없었고, 설사 안다고 하더라도 찾아갈 수가 없었다.

수중에 든 돈으로 전세를 얻어야 하는지, 월세를 얻어야 하는지, 요즘 시세는 어떻게 되는지, 지방에서 얻어야 하는지, 서울에서는 살 곳이 있을지…… 하나도 아는 정보가 없었다.

"불편하시더라도 당분간 같이 계십시오. 형님께서 사회생활을 적응할 때까지만이라도 돕겠습니다."

그의 마음을 아는지 기현이 말을 덧붙였다.

하긴, 기현은 교도소 내에 있는 동안 가장 도수의 마음을 귀신같이 알아차렸다.

말수가 없던 도수의 얼굴 표정만으로 맞춘 적이 있었다.

가끔은 신이 내린 것이 아닌가, 라고 생각이 들 정도였다. 지금도 마찬가지. 기현의 감각은 아직도 예리하게 살아 있었다.

마음을 굳힌 도수는 기현의 차 앞으로 다가갔다. 눈이 부리부리하고 꽤나 강단이 있어 보이는 젊은 사내가 그에게 안녕하십니까, 형님, 이라는 인사를 90도로 한 후 후문을 열었다.

고개를 끄덕인 도수는 뒷좌석에 올랐다.

그가 차에 타자 기현은 조수석에 앉았다. 도수의 큰 키를 생각해서인지 그는 조수석을 앞으로 당겼다.

"그럴 필요 없어."

"제가 괜찮습니다."

젊은 사내는 운전석에 앉았다.

"이 친구는 제 고향 후배입니다. 믿을 만한 놈이죠. 나이는 24살, 이름은 성태라고 합니다."

"다시 한 번 인사드리겠습니다. 김성태라고 합니다."

성태는 보이지 않는 운전석에 억지로 허리를 꺾으며 고개를 숙였다.

"그래."

조금은 우스울 만한 행동이지만 도수는 아무런 표정을 짓지 않았다.

머쓱한 성태는 뒷덜미를 긁적였다.

기현은 빙그레 웃었다.

도수를 모르는 사람이라면 다들 저렇게 멋쩍어 한다.

아니, 멋쩍어 할 기분도 느끼지 못할 것이다.

저 사내의 압도적인 무서움은 직접 겪어 보지 않으면 아무도 모른다.

가끔은 기계 인간이 아닌가, 라고 착각할 정도로 도수의 표정은 없었다.

　아예 웃는 모습을 잊어버린 듯한 모습이었다.

　"식사 먼저 하시죠, 형님."

　"마음대로 해. 그리고 먼저 갈 곳이 있다."

　"알겠습니다. 그리로 모시겠습니다."

　식사를 마치고 일행은 곧장 서울로 올라갔다.

　그들이 간 곳은 과거 도수가 가족들과 함께 살던 다가구 주택이었다. 10년이나 지났지만 다닥다닥 붙어 있는 그 집은 그대로였다.

　주인집으로 올라가는 계단에는 다 죽어 버렸는지 잎이 하나도 없는 앙상한 나뭇가지가 담겨져 있는 화분들이 여러 개 있었다. 당시와 다르게 세 들어 사는 집들의 창문들이 깨끗했다. 방범 창도 달려 있었다. 주인집에서 큰마음을 먹고 새로 달아 놓은 모양이었다.

　도수는 다섯 개로 나눠져 있는 벨 중에서 마지막 벨을 눌렀다.

　띠이이아—

　예전과 똑같은 소리였다.

　문 안쪽에서는 아무런 소리가 들리지 않았다.

　띠이이아—

　다시 한 번 벨을 눌렀다. 그제야 철문이 '덜컥' 열리는 소리를 내며 누렇게 들 뜬 러닝셔츠를 입은 중년 사내가 나타났다. 자다 일어났는지 옆머리가 한쪽으로 눌려 있었다.

그는 문을 벌컥 열고는 '뭡니까?'라고 물었다. 하나 도수의 엄청난 거구를 보고는 흠칫 놀라고 말았다. 처음 보는 상대에게 너무 말을 막 했는지, 고민에 빠진 얼굴이었다.

도수는 그가 나온 반 지하 집으로 성큼성큼 걸음을 옮겼다.

중년 사내는 자신도 모르게 옆으로 비켜 설 수밖에 없었다.

그를 저지할 수 있는 말을 하지 못했다. 그러기에는 도수의 분위기나 너무도 살벌했다.

도수는 문을 열고 집 안쪽을 살펴봤다.

어머니가 계실 때와는 완전히 다른 구조였다.

안쪽에서는 퀴퀴한 곰팡이 냄새가 풍겨져 나왔다.

어머니가 계실 때는 항상 청결하고, 깔끔했었는데……

그저 마지막으로 한 번 와 보고 싶었을 뿐이었다. 혹시나 어머니와 동생의 체취가 남아 있지 않을까 해서. 그러나 모두 허사였다.

더 이상 그곳에는 어머니와 동생의 잔재가 남아 있지 않았다.

이제 다시는 이곳을 찾을 필요가 없다.

도수는 등을 돌리고 나왔다. 중년 사내는 멍한 눈빛으로 그런 도수를 바라보다 집안으로 들어갔다.

별 미친 놈 다보겠네, 라는 말을 했지만 도수에게 들리지는 않았다.

도수가 차에 타자 걱정스런 표정으로 기현이 물었다.

"괜찮으십니까?"

"그래, 가자."

기현이 데리고 간 곳은 종로구에 있는 한 오피스텔이었다.

새로 건축한 건물인지 깔끔하고 주차 할 곳도 많았다.

중심지지만 복잡하지 않았고, 대중교통을 이용하기에도 멀지 않았다.

꽤나 신경을 썼다는 것은 도수는 알 수 있었다.

"형님 이곳에서 지내십시오. 불편한 점 있으시면 연락 주십시오. 바로 달려오겠습니다."

기분 좋게 웃으며 기현은 말했다. 그는 두툼한 서류 봉투를 탁자 위에 내려놓고는 밖으로 나갔다.

도수는 털모자를 벗었다.

짧게 깎은 머리가 드러났다. 군대에서보다 더 짧은 머리.

입고 있던 군용 코트도 벗었다.

영하 10도 안팎에 맹추위가 기승을 부리고 있었지만 안에는 짧은 반팔 티셔츠 하나만 입고 있었다. 아무 무늬도 새겨지지 않은 검은색 티셔츠였다.

티셔츠 밖으로 튀어나온 그의 근육들이 무시무시했다. 팔뚝의 심줄은 시퍼렇다. 어지간한 단련으로 만들어지는 근육들이 아니었다.

헬스 클럽에서 사람들에게 예쁘게 보이기 위해서 만들어진 근육도 아니었다.

도수는 의자에 앉아서 서류 봉투를 열었다.

서류에는 여러 명의 신상명세서가 들어 있었다.

신호일, 이상준, 임영수, 강찬수, 배도일 그리고 김형태.

그들의 10년 치 행적이 고스란히 적혀 있었다.

특히, 신호일과 이상준, 임영수는 사건이 일어나기 1년 전부터 행적이 드러나 있었다.

도수는 말없이 서류를 넘겼다.

한 장, 한 장, 뇌리에 모든 것을 각인시키겠다는 듯이 꼼꼼하게 살폈다.

처음부터 끝까지 서류를 넘기는데 족히 세 시간은 걸렸다.

그동안 도수는 한 번도 표정을 바꾼 적이 없었다. 묵묵히 한 장씩 넘겼을 뿐이었다.

서류를 다 읽은 도수는 옷은 벗고 샤워실로 향했다. 옆구리에 가슴에는 총알을 빼낸 흉터가 있었다. 흉터는 그것뿐만이 아니었다.

등과 얼굴, 허벅지와 팔에도 자상이 있었다.

몇 번이나 날카로운 무기에 찔려서 쓰러진 적이 있었다.

한 번은 곱게 간 플라스틱 날로, 한 번은 날카롭게 간 식판의 옆 날로, 한 번은 칼처럼 만든 수저로 찔린 상처였다.

그중에 하나는 기현이 만든 상처였다. 덕분에 기현은 일주일간 피를 토하며 누워 있어야 했지만.

수도꼭지를 틀었다.

뜨거운 물이 바로 나왔다.

교도소에서는 정해진 시간밖에 뜨거운 물이 나오지 않는다. 그때가 지나면 씻지도 못했다.

그가 기억하는 교도소는 야차들의 소굴이었다.

살인범, 강간범, 사기범 등 온갖 세상에 죄악을 끼친 놈들이 가득 들어차 있었다.

그곳은 오직 힘으로만 살아남을 수 있는 정글과 마찬가지였다.

교도관들이 있지만 그들 손에 닿지 않는 곳이 훨씬 많았다.

그를 마음에 들어 하지 않는 놈들은 시도 때도 없이 시비를 걸었다.

식당에서, 운동장에서, 탈의실에서, 세탁장에서, 작업장에서.

도수는 이를 악물고 그곳에서 버텨 냈다.

1년이 지날 무렵 더 이상 그를 건드리는 사람은 없었다.

두 번이나 갈비뼈가 부러지고, 세 번이나 자상을 입었다.

한 번은 아킬레스건이 잘릴 뻔도 했다. 그럼에도 그는 고개 숙이지 않았다.

그런 곳에서 십 년을 있었다.

쏴아아―

뜨거운 물이 도수의 머리 위로 떨어졌다. 곧 전신을 적신다. 차갑던 몸이 빠르게 데워졌다. 혈관이 팽창하며 근육들이 이완된다.

도수는 거울에 비친 얼굴을 바라봤다.

예전과는 많이 달라졌다. 아니, 예전의 얼굴과는 완전히 딴판이었다.

과거에 알던 사람들이 현재의 그를 보면 열이면 열 못 알아볼 정도였다.

10년 전에는 나약하고 아무것도 할 줄 아는 것이 없었다. 물론 지금도 크게 다르지 않았다.

그러나 이제는 힘없이 당하지만은 않는다.

10년을 매일 같이 생각했다.

모든 상황을 하나부터 열까지 천만 번도 넘게 생각했다. 어디서부터 잘못된 것인지, 자신이 무엇을 잘못했는지, 놈들에게 어떻게 대응을 했어야 하는지, 동생은 어디로 사라졌는지 그리고 동생의 친구들은 자신에게 무엇을 숨기고 있는지.

백 번이고 천 번이고 또 생각하고, 또 생각하다, 드디어 밖으로 나왔다.

놈들은 자신을 까맣게 잊어버리고 있을 것이다.

도수가 누구였는지 기억도 하지 못할지도 모른다.

차라리 잘됐다.

내 이름을 듣는 순간 놈들의 얼굴에서 두려움과 공포를 떠오르게 해 주겠다.

진심으로 죄송합니다, 라는 사과 따위는 이제 필요 없다.

백 번을 해도, 천만 번을 해도 놈들은 다시 햇볕을 보지 못할 테니까.

*   *   *

도수는 기현이 마련해 준 외투를 입고 밖으로 나왔다. 미리 준비를 해 뒀는지 옷은 그의 엄청난 덩치와 꼭 맞았다.

오리털 파카라.

참으로 오랜만에 입어 본다.

교도소에서 입던 거칠거칠한 옷이 아닌 부드럽고 따뜻함이 느껴지는 옷이었다.

예전에는 이런 작은 것에 고마움을 느끼지 못하고 살았었는데…….

서울에도 차가운 바람이 불고 있었다.

곳곳에 눈이 쌓였지만 이미 길가 양옆으로 치워진 상태였다.

도로의 눈은 이미 녹아서 사라졌다.

사람들은 목도리를 코까지 둘러싸고 주머니에 손을 푹 넣은 채 위태롭게 걸어갔다.

높은 구두를 신은 아가씨들은 넘어질 듯 위태위태하면서도 곧잘 걸어갔다. 끝까지 주머니에 찔러 넣은 손은 빼지 않는다.

곧 크리스마스가 다가오는지 도시 곳곳에는 구세군의 딸

랑딸랑 거리는 종소리와 징글벨 소리가 같이 들려왔다.

도수는 도로에서 조금 떨어진 뒷골목에 있는 포장마차에 들어갔다.

포장마차는 조촐했다.

의자를 놔둘 수 있는 숫자에 따라 네 명 혹은 다섯 명이 앉을 수 있는 탁자가 다섯 개가 있었다.

아직 오후 8시 정도밖에 되지 않았지만 거하게 취한 세 명의 샐러리맨이 목청껏 이야기를 토해 내고 있었다.

들리는 바로는 했던 말을 반복하는 것이 지나지 않았다. 그러나 그들은 세상 마지막 의견을 나누는 것처럼 진지했다.

조금 특이한 점은 여자 혼자서 소주를 큰 컵에 따라 먹고 있다는 것이다.

머리는 뒤쪽으로 질끈 묶고 청바지를 입고 운동화를 신었다.

화장은 하지 않은 민낯이었다. 허리까지 오는 긴 코트를 입었지만 두꺼워 보이지는 않았다.

아무렇게나 대충 입은 것에 비해서 꽤나 예쁘장했다.

도수는 한쪽 구석에 자리를 잡았다. 자신의 육중한 몸을 지탱할 수 있을까 의문이 드는 플라스틱 의자였다. 혹여 뒤로 나자빠져 꼴사나운 모습은 보이기 싫었다.

그는 천천히 플라스틱 의자에 앉았다.

무생물이 비명을 지르기는 했지만, 다행히도 버틸 수는 있는 모양이었다.

"큭큭큭큭."

그의 등 뒤에서 웃는 소리가 들렸다. 여성의 웃음소리였다.

아까 그 여자인 듯하다. 술에 취했다고 생각하고 쳐다보지도 않았다.

도수는 그녀에게 신경을 끄고 주문을 했다.

안주는 대충 시킨 다음 소주부터 달라고 하였다.

맨 속에 먹으면 속 버린다면서 포장마차 아줌마는 오뎅이 넉넉하게 들어간 국물부터 가져다주었다.

도수는 소주잔에 소주를 따랐다. 워낙 손이 커서 소주잔은 엄지손가락에도 가려졌다.

한 잔을 마셨지만 허전함이 컸다. 그는 이모에게 큰 잔을 부탁했다.

이모는 '하이고, 오늘은 술꾼들만 오셨네.' 라며 잔을 가져다주었다.

큰 잔에 소주를 콸콸 따른 후에 한꺼번에 들이켰다. 목구멍이 뜨거워지며 뱃속이 후끈거렸다. 10년 만에 처음 마셔보는 소주였다.

어머니와 동생이 보고 싶을 때면 미치도록 마시고 싶었던 술.

무척 쓰리라 예상을 했지만 그렇지도 않았다. 뱃속이 후끈하기는 했지만 무척 달게 느껴졌다. 도수는 연거푸 두 잔을 마셨다.

안주가 나오기 전에 소주는 금방 두 병이나 비워졌다.

"그렇게 마시면 못 써. 속 버려."

이모가 급히 안주를 갖고 왔다.

나온 안주는 오돌뼈와 낙지볶음이었다.

젓가락을 가져갔다. 오돌뼈 하나를 들어서 입으로 가져왔다.

우드득.

씹는 맛이 입안에서 퍼졌다.

겨우 오돌뼈지만 이렇게 맛있을 줄은 상상도 하지 못했다. 그러고 보니 동생과 술 한잔한 적이 없었다.

서로가 바빠서, 빚에 쪼들려서, 친구들을 만나야 돼서, 갖가지 이유로 그 흔한 술잔을 한 번 못 기울였다.

그것이 한이 된다.

아직도 실낱같은 희망은 가지고 있었다.

동생의 죽음은 확인이 되지 않았다. 실종일 뿐이었다. 살아 있기만 하면 된다.

돈 때문에 도망을 다녀도 좋고, 여자에 빠져서 지방에서 숨을 죽이고 살아도 좋았다.

제발 살아만 있어다오.

도수는 짧은 시간 동안 소두 다섯 병을 비웠다. 이제껏 술을 마시지 않았으니 금방 취할 것이라 생각했는데 그렇지도 않았다.

오히려 마시면 마실수록 정신이 말짱해진다.

놈들이 어떻게 변했을까 생각하면 피가 끓어오르는 것 같았다.

도수는 자리에서 일어났다.

더 이상 음주는 금물이다.

출소하면 혼자서 가족을 생각하며 술을 한잔 마셔 보고 싶었을 뿐이었다.

그는 자리에서 일어났다.

휘청거리지도 않고, 눈동자가 벌겋게 변하지도 않았다. 단지 약간의 홍조와 입에서 술 냄새만 날 뿐이었다.

방금 전까지 시끄럽던 샐러리맨들과 혼자서 술을 마시던 여자는 먼저 나갔는지 보이지 않았다.

계산을 하고 포장마차 밖으로 나왔다.

밖으로 나오자 차가운 기운이 얼굴을 때렸다. 허연 입김이 숨소리와 함께 흘러나왔다. 도수는 파카 주머니에 손을 넣고 걸었다.

아직 오피스텔로 돌아가고 싶은 마음은 없었다. 조금 더 도시를 걷고 싶었다.

높은 빌딩의 숲으로 이루어진 도시, 이 넓은 땅에 자신의 가족이 한 뼘 비빌 곳이 없었다는 것이 서글펐다.

밝고, 눈이 부시고, 흥겨운 도시지만 실상이 그렇지 않다는 것은 10년 전 뼈저리게 느끼지 않았던가.

빌어먹을 정글과 같은 도시다.

"놔! 씨발, 이거 안 놔?!"

어디선가 앙칼진 여자의 목소리가 들렸다.

도로 쪽은 아니었다. 포장마차 반대쪽에서 들리는 소리였다.

도수는 무심결에 그쪽 방향을 향해서 고개를 돌렸다. 가로등이 있지만 소리가 난 쪽을 비치고 있지는 않았다.

여자 한 명과 덩치 큰 두 명의 사내가 있다는 것만 확인할 수 있었다.

도수는 망설였다.

가 봐야 하나, 말아야 하나.

경찰에 신고할 마음은 없었다.

그가 세상에서 가장 믿지 못하는 부류가 경찰이다.

경찰에게 호되게 당했던 기억은 트라우마로 남아서 적개심의 상대지, 호의의 대상이 아니었다.

도수는 그들이 있는 곳을 걸어갔다.

아까 포장마차에서 술을 마시던 여자였다.

여자는 술기운에 그런 것인지 아니면 본래 강단이 있는 것인지 두 명의 사내를 앞에 두고도 전혀 기가 죽지 않았다.

앞에 서 있는 두 명의 사내는 짧은 머리에 가죽 장갑을 끼고, 가죽 점퍼를 입고 있었다.

과거 정치 깡패들을 연상시켰다. 물론 그들이 깡패라는 것은 아니지만 하는 행동과 분위기로 봐서는 그럴 확률이 높았다.

"이봐, 아가씨, 좋은 말할 때 가지. 우리 사장님이 보자신다고 했잖아."

"내가 왜? 저번처럼 인천 앞바다에 둥둥 뜨고 싶냐고 협박하게?"

"그러니까 누가 그런 기사를 쓰래! 기자면 기자답게 행동해, 엄한 사람 잡지 말고. 당신이 쓴 기사 때문에 사장님이 얼마나 머리 아픈지 알아."

"하하하, 그것 참 쌤통일세. 난 직접 눈으로 본 것을 쓴 것뿐이야. 그게 잘못됐어?"

"그건 형님 앞에 직접 가서 해명해. 자꾸 이런 식으로 나오면 우리도 가만히 있지 않을 거야."

"내가 왜! 당신들이 뭔데 사람을 협박해!"

도수는 그들의 대화로 어떤 상황인지 대충 유추를 할 수가 있었다.

여자는 신문 기자 혹은 방송 기자 쪽 사람이다.

그리고 그녀는 기업 혹은 건달들에 대해서 기사를 내보냈다.

사내들의 오야지는 화가 났고, 기사를 정정시키기 위해서 사람을 보내 그녀를 데리고 오라고 한 것이다.

이렇게 추론이 가능했다. 뭐, 직접 입으로 듣긴 전에는 어떤 것도 속단을 할 수가 없지만.

일단은 흥미로우니 도수는 지켜보기로 했다.

그는 그들의 옆까지 다가갔다.

5m도 되지 않는 가까운 거리였다.

도수는 팔짱을 끼고서 옥신각신하는 그들을 우두커니 지켜봤다.

희극 같은 장면이었다.

세 명의 연극단원이 가로등 근처에서 공연을 하고 한 사람이 그것을 구경하고 있는 것 같은 희한한 모습이다.

두 명의 사내는 자신들을 재미 삼아 지켜보고 있는 도수를 봤다.

덩치가 엄청난 사내라는 것을 확인한 그들은 잠시 움찔거렸다.

"당신 뭐야!"

똑같이 짧은 머리지만 얼굴에 흉터가 있는 사내가 한 발자국 앞으로 나서며 외쳤다.

눈에 힘을 꽉 준 것이 조용히 말을 할 때 꺼져라, 라고 위협하는 듯했다.

"하던 것 계속해. 나는 지나가던 사람이니까."

도수는 손을 손등을 휘휘 저었다.

그리고는 주머니에 있던 담배를 꺼냈다. 10년 만에 처음으로 산 담배.

가격이 500원이나 올랐는지 몰랐다.

얼마냐고 물어보길 다행이었다.

그는 담배 한 개비를 꺼내서 입에 물었다. 불을 붙이고 빨아들이자 단숨에 반이나 재로 변해 버렸다.

엄청난 폐활량이었다.

"하던 일 계속하라고. 나 신경 쓰지 말고."

이상한 분위기였다.

점잖게 말하지만 분위기는 갑자기 끼어든 도수가 주도하고 있었다.

살벌한 분위기를 풍기던 사내들은 어떤 식으로 행동을 해야 할지 감을 잡지 못했다.

"아저씨, 아까 내 앞에서 술 마시던 아저씨네. 나 좀 도와줘요."

여자가 도수 앞에 다가와 당돌하게 말했다.

세상과 자신의 모든 것을 걸고 싸워도 난 물러서지 않아, 라는 눈빛을 하고 있는 여자였다.

이런 눈빛을 가진 자는 이제껏 기현밖에 없었다.

아니, 조금은 다른가.

기현은 누구에게도 지지 않아, 라는 눈빛이라면 이 여자는 누구에게도 물러서지 않아, 라고 말하고 있었다. 미묘하게 차이가 있지만, 둘 다 강단이 굉장한 것은 변하지 않았다.

하지만 눈빛이 마음에 든다고 다짜고짜 도와줄 수는 없는 노릇이었다.

이 여자가 누군지도 모르고, 어떤 상황인지도 모르고, 출소한 지 하루 만에 괜한 일에 끼어들어서 복잡한 상황을 만들고 싶지는 않았다.

"싫어. 하던 일 계속해."

"뭐? 싫어? 아저씨, 언제 봤다고 나한테 반말해?!"

도수는 뺨을 긁적거렸다. 강단이 세다고 다 좋은 것은 아닌가 보다.

자신에게도 천둥벌거숭이처럼 눈에 핏발을 세우고 덤비고 있으니.

교도소에 그에게 시비를 거는 사람은 없었다.

연쇄 살인마도, 잔혹하게 사람을 죽였던 살인자도, 몇 번이나 사람을 칼로 찔렀던 강도도, 사람 때리는 것을 주저하지 않는 조직폭력배조차 그의 앞에만 서면 꼬리를 내렸다.

귀를 물어뜯고, 손가락을 물어뜯고, 머리통이 깨져서 피가 철철 나도 시비를 거는 놈들은 모조리 차가운 콘크리트 바닥에 눕혀 왔다.

그렇기에 겨우 160㎝가 넘는 작은 여자가 덤비는 것이 신기하면서도 신선했다.

"어라, 이 아저씨 웃네."

"기분이 나빴다면 사과하죠."

도수는 정중하게 말했다.

"알았어요. 사과를 받아들이죠. 대신 저를 도와주세요."

"죄송하지만 끼어들고 싶은 마음은 없습니다."

"왜요? 딱 보면 답이 나오지 않나요? 저는 저 사람들에게 납치를 당하기 일보직전이었어요."

"그럼 경찰에 신고하시죠."

여자는 주머니에서 핸드폰을 꺼냈다. 그리고 옆에 스위치를 몇 번이나 눌렀다.

"보다시피 밧데리가 다 됐다고요."

그때 얼굴에 흉터가 난 사내가 여자의 어깨를 잡고 뒤로 당겼다.

"이것들이 장난 까나! 당장 이리 와, 사장님을 만나기 전에는 집에 못 들어갈 줄 알아!"

"악, 아파. 이거 놔! 당신들이 깡패야 뭐야! 선량한 시민들을 무차별적으로 폭행했으면서 뭐가 어쩌고 저째? 사과는 당신 사장이 해야지. 나한테 말고 폭행당한 사람들한테 말이야!"

"이 쌍년이! 그건 네년이 상관할 바가 아니야, 따라와!"

사내는 여자의 팔을 잡고 끌었다.

비좁은 골목 끝에 어떻게 들어왔는지 승합차 한 대가 대기 중이었다.

여자는 고개를 돌려서 도수를 바라봤다.

처음과는 다르게 겁을 먹은 표정이었다.

저 차에 타게 되면 어떤 꼴을 당하게 될지 상상도 하기 두려울 것이다.

다른 사내가 도수의 앞으로 다가왔다.

100kg이 넘을 정도로 덩치가 상당히 크다. 하지만 도수보다는 머리 하나가 작았다.

"이봐. 민증 내놔 봐."

"민증? 그건 왜."

"씨발, 말귀를 못 알아먹네. 신고하면 너 찾아가서 배때기에 칼 쑤셔 넣어 주려고 그런다."

세상은 예전이나 지금이나 불합리하다.

자신은 그저 흥미롭게 그들의 상황을 지켜봤을 뿐이다.

그런데 다짜고짜 배에 칼을 쑤셔 넣는다고 한다.

놈들이 법에 접촉되는 행동을 하고 있다는 것을 시인하는 셈이었다.

"그건 됐고. 그 여자나 놔 줘."

"뭐? 이 새끼가. 말귀를 계속 못 알아먹네."

사내는 도수를 향해서 손바닥을 펴고 따귀를 날렸다.

짝!

도수는 피하지 않았다.

사내의 손바닥에 얼굴에 닿는 순간 화끈한 충격이 뺨에 퍼졌다. 얼어붙었던 터라 뺨에서 얼얼한 기운이 밀려왔다.

"흠."

도수는 주머니에서 손을 꺼냈다.

그는 자신의 뺨을 만져 보았다.

얼마 만에 맞아 보는지 기억도 나지 않는다.

마지막으로 그에게 덤볐던 놈이 3년 전인가…… 이름은 잘 기억나지 않는다.

나름 전국구 건달이라면서 노골적으로 도수에게 시비를 걸었다.

도수는 받아 주지 않았다.

몇몇은 설마 도수가 겁을 먹었나, 라고 수근거렸지만 그의 입장에서는 귀찮았다는 것이 정확했다.

그러던 어느 날, 놈은 식당에서 일을 벌였다. 식사를 하고 있는 와중에 식판으로 뒤에서 내려찍은 것이다.

밥을 먹던 도수의 몸에 반찬과 국이 가득 엎어지고, 식당 안은 거짓말처럼 조용해졌다.

모두가 둘에게 시선이 모아졌다.

도수는 천천히 일어나 놈의 사타구니와 목을 잡고 식당 식탁 위로 내리꽂았다.

눈으로 보고도 있을 수 없는 일이 벌어졌다.

놈의 머리가 식탁 위를 뚫고 들어간 것이다.

얼마나 강하게 내리꽂았는지 놈은 그대로 기절을 하고 말았다.

교도소 내의 사람들은 벌어진 입을 다물지 못했다.

몇몇은 손과 발이 후들거려서 그대로 자리에 주저앉고 말았다.

그 이후 출소하는 날까지 도수에게 덤빈 자는 한 명도 없었다.

"어금니 꽉 물어."

도수가 사내를 보며 말했다.

"뭐?"

"틀니 끼고 싶지 않으면 어금니 꽉 깨물라고."

"무슨 헛소……."

사내는 말을 끝내지 못했다.

어느새 도수의 손바닥이 그의 뺨에 작렬을 했기 때문이었다.

보통 따귀를 때리면 '짝' 소리가 난다. 하지만 도수와 사내의 뺨 사이에서는 '빡' 소리가 났다.

사내의 목이 휙 돌아가며 두 바퀴나 돌고서는 꽁꽁 얼어붙은 시멘트 바닥에 쓰러졌다.

사내는 바닥에 쓰러진 채 움직이지 않았다.

팔과 다리가 움찔움찔 거리는 것이 죽지는 않은 모양이었다.

끌려가던 여자도, 끌고 가던 사내도 움직임을 멈췄다.

자신들이 지금 헛것을 봤는지 의구심을 느낄 정도였다.

해머로 인간을 친다고 하더라도 이렇게 되지는 않을 것 같았다.

사내는 여자의 팔을 놓았다. 그리고 가죽 점퍼 속주머니에 있던 잭나이프를 꺼냈다.

"씨발, 너 뭐야! 어디 놈이야?!"

사내는 입김을 연속으로 뿜어 대며 욕설을 마구 내뱉었다.

사내의 말이 많아졌다.

어디 놈이냐, 어디서 온 놈이냐, 누구냐, 이름을 대라, 죽여 버리겠다, 후회하지 마라, 네 오야지 목을 따 버리겠다, 좋은 말할 때 물러나라, 등 쉴 새 없이 떠들었다.

도수는 사내에게 손짓을 했다.

이리 와 봐, 라는 의미였다. 그것을 못 알아듣은 사내가 아니었다.

완전 무방비인 채로 너무도 거만하게 손짓을 한다.

"씨발놈. 어디 뱃가죽에 구멍이 뚫리고도 그딴 식으로 행동하나 보자."

사내는 잭나이프로 위아래로 휘둘렀다. 처음에는 아래서 위로 곧바로 위에서 아래로 휘둘렀다.

도수는 어렵지 않게 사내의 잭나이프를 피했다.

대체로 얇은 칼을 든 자들은 찌르기를 먼저 시도하지 않는다.

베기를 먼저 시도한다는 것을 그동안의 경험으로 충분히 알고 있었다.

도수는 허리를 뒤로 젖혔다가 앞으로 튀어 나갔다.

놈의 잭나이프가 아래로 향했을 때에 수많은 약점이 드러난다.

옆구리도 그렇고, 팔목도 그렇고, 목 부위도 그렇다.

놈을 잡을 수 있는 방법은 100가지도 넘었다.

도수는 잭나이프를 들고 있는 팔목을 손바닥으로 막았다.

잭나이프를 들어 올려 찌르려던 사내의 움직임이 막혔다. 잡지도 않았고, 그저 막았을 뿐인데 사내의 전체 움직임이 멈췄다.

도수의 이마가 사내의 인중에 그대로 명중했다.

꽈직!

엄청난 굉음이 터졌다.

"크아아악!"

사내는 비명을 지르며 뒤로 나자빠졌다.

"크허헉."

꽤나 고통스러운지 사내는 바로 일어나지 못했다.

그가 간신이 몸을 일으켰을 때는 얼굴이 엉망진창이었다. 코가 시퍼렇게 변하여 에베레스트 산처럼 부풀어 올랐다.

코뼈가 박살이 난 모양이었다.

부러진 코에서는 쉴 새 없이 피가 흘러내렸다.

앞니도 마찬가지였다. 이빨 몇 개가 피에 젖어서 바닥에 굴러다녔다.

"쿨럭쿨럭."

침과 피가 섞여서 주먹만큼이나 바닥에 떨어졌다.

단 한 대지만 사내는 전의를 잃었다. 눈동자에서 두려움이 떠올라 있었다.

도수가 자신에게 다가올까 겁을 집어먹은 표정이었다.

더 이상 상대할 가치가 없었다. 도수는 그런 사내를 향해서 손등으로 휘휘 밀었다.

말이 필요 없었다.

사내는 쓰러져서 정신을 잃고 있던 동료를 깨워서 간신히 몸을 일으켰다.

둘은 절뚝거리며 승합차에 올라탔다.

그들은 두고 보자, 라든지 다음에는 죽여 버리겠다든지, 말은 하지 않았다.

도수는 약간의 피가 묻은 이마를 손바닥으로 쓱쓱 문지르고는 등을 돌렸다.

이곳에서 무슨 일이 있었냐, 라는 행동이었다. 그의 뒤에서 여자가 '저기요' 라고 불렀다.

도수는 대답하지 않았다.

여자는 계속해서 쫓아오며 '저기요' 라고 불렀다.

역시 대답하지 않았다.

그 여자는 꽤나 끈질기게 도수를 쫓아왔다.

예쁘장하기도 하고 강단도 있었다.

호기심이 일어나는 것은 사실이다.

하나 그녀와는 상대하고 싶지는 않았다. 도수는 걸음걸이를 빨리하며 여자에게서 벗어나려고 했다.

6.

조우

CITYO
WILD BEAST

오피스텔로 돌아온 도수는 그녀가 넘긴 명함을 보고 있었다.

이름은 이유정, 고려일보 사회부 기자였다.

서민이 어떻고, 폭력이 어떻고 떠들더니 역시 이런 쪽에 일을 하는 여자였다.

"정말 고마워요. 저 개자식들, 용산 뉴타운에서 거주민들을 몰아내던 용역 업체 직원들이에요. 보셨죠? 깡패와 다를 바가 하나도 없다는 것. 저 자식들이 환갑도 넘어 보이는 아저씨들과 아줌마들을 각목으로 마구 두들겨 패는 것을 사진으로 찍어 기사로 내보냈죠. 그랬더니 상대가 먼저 무기를 휘둘러 자위적인 방어를 했다고, 정정 보도 기사를 요구한 거예요. 제가 엿 먹어라 그랬죠. 뭐라더라…… 직접 와서 사과를 하지 않으면 손해배상을 한다나 뭐라나. 어쨌든 그렇게 됐는데 당신이 구해 준 거네요."

이유정은 기관총처럼 자신의 말을 내뱉었다. 도수는 그녀가 뭐라고 하는지 모두 알아들을 수는 없었다.

그저 저놈들이 약자들을 두들겨 팼고, 정부에서 하청을 받은 용역 업체고, 그녀를 협박했다는 것만 대충 알아들을 수가 있었다.

그녀는 도수의 팔을 잡고 이것도 인연인데 술이나 한잔하러 가자고 말했다.

그러나 더 이상 그녀와 엮이고 싶지 않던 도수는 정중하게 거절을 했다.

그러자 나중에 꼭 연락을 하라면서 명함을 그의 주머니 속에 쑤셔 넣었던 것이다.

참 재미난 여자라는 생각이 들었다.

물론 그녀에게 연락하는 일 따위는 없을 것이다. 그녀도 오늘이 지나면 자신을 잊어버릴 테고.

그는 그녀의 명함을 식탁 위에 아무렇게나 던져 놓았다.

옷을 벗고 속옷만 입은 채 침대에 누웠다. 옷을 벗었는데도 춥지는 않았다.

그가 있는 방 전체를 뜨끈뜨끈 데울 만큼 보온이 잘되어 있었다.

도수는 내일부터 할 일을 생각하며 깊은 잠에 빠져들었다.

기현은 아침 일찍 전화가 왔다. 일찍 일을 끝내고 술이라도 한 잔 마셨어야 하는데 업소에서 일이 터져 가지 못했다고, 죄송하다고 말했다.

도수는 신경 쓰지 말라고 대답했다.

기현은 저녁에 일찍 갈 테니 회포를 풀자고 했다. 도수는 알았다고 말했다.

도수는 하얀 와이셔츠를 입고 다크 블루색의 정장을 입었다.

정장은 8벌이나 드레스 룸에 있었다. 그 외에도 도수가 최대한 활동하기 편하게 여러 종류의 옷들이 차곡차곡 쌓여 있었다.

세심한 기현의 배려에 감사한다.

지옥과 같은 십 년의 생활 동안 유일하게 동반자가 되어 준 친구.

그를 보고 있자면 종종 도영이 생각났다.

생김새도 비슷했고, 신장도 비슷했다. 웃을 때 한쪽 보조개가 쏙 들어가는 것도 비슷했다.

눈매가 다르기는 하지만 도영이 생각나기에는 충분했다.

정장을 차려 입고 스킨과 로션을 바른 후 반코트를 입었다. 워낙 덩치가 크다 보니 다른 사람의 롱코트와 비슷한 크기였다.

정장을 입으니 사람이 달라 보였다.

짧은 머리, 얼굴에 긴 자상, 190㎝가 넘는 신장에 근육질의 몸매, 짙은 색의 정장.

누가 뭐라고 하더라도 조직폭력배처럼 보였다.

도수는 거울을 보고서는 마음에 안 든다는 표정을 지었다.

교도소에 있을 때는 워낙 거친 놈들이 많아서 몰랐지만 사회에 나오니 그렇지가 않았다.

자신은 너무 튄다는 것을 느낀 것이다.

그렇다고 키를 줄일 수도 없는 노릇이지 않은가. 일부러 방긋방긋 웃으며 다닐 생각도 없었다.

도수는 반들반들하게 닦아 놓은 구두를 신고 밖으로 나왔다.

밖으로 나온 그는 가까운 지하철역으로 향했다.

기현이 지리를 잘 모를 테니 택시를 타고 다니라면서 꽤나 많은 돈을 쥐어 줬지만 그 정도의 돈은 자신도 있다면서 거절했다.

너무 큰 배려는 도수를 부담스럽게 만들 수 있다는 것을 안 기현은 고개를 끄덕이며 돈을 도로 집어넣었다.

지하철역은 꽤나 사람이 많았다. 출근 시간이 지났을 테지만 환승역이라 그런지 어깨를 부딪치고 다닐 정도로 사람들은 붐볐다.

도수는 주머니에 있던 호일의 주소를 되새겼다.

놈의 직장은 영등포, 사는 곳은 신길동이었다. 그가 있는 종로에서는 그리 멀지 않았다.

문제가 생겼다.

예전에 있던 종이 패스가 사라진 것이다.

그가 사회에 있을 때만 하더라도 종이 패스로 오고 갔다. 그는 1회용 종이 패스를 끊으려고 했지만 도저히 찾을 수가 없었다.

벽에 붙어 있던 자동 기기도 사라졌다. 아무리 도수라도 당황할 수밖에 없었다.

그는 유리창 안에서 앉아 있는 역무원에게 다가갔다.

역무원은 도수를 보며 흠칫거렸다. 그의 얼굴에 긴장하는 빛이 역력했다.

"표를 사려면 어떡해야 합니까."

도수가 물었다.

어지간한 일에는 꿈쩍도 하지 않는 도수지만 이런 것을 묻는 자신이 부끄러웠다.

나는 사회생활에 대해서 아무 것도 모르오, 라고 광고를 하는 것 같았다.

"네?"

역시 역무원은 알아듣지 못했다.

"예전에는 1회용 종이 표로 탈 수 있었는데, 지금은 그것이 보이지 않아서요."

"아, 네."

역무원은 고개를 끄덕였다. 도수를 정면으로 쳐다보지 못하니 힐끗 훑어봤다.

그것을 느끼지 못할 도수가 아니지만 아무런 말을 하지 않았다.

역무원은 공익 근무 요원을 불렀다.

키는 작지만 100㎏이 넘을 듯한 뚱뚱한 공익이 다가왔다.

그 역시 도수를 보며 순간적으로 흠칫 거렸다.

만나는 이들마다 모두 같은 행동을 취하니 도수로서는 눈살이 찌푸려졌다.

역무원에게 자초지종을 들은 공익 근무 요원은 최대한 친절하게 1회용 교통 카드를 뽑는 법에 대해서 가르쳐 주었다.

하나, 하나 세심하고 친절하게. 한 번만 알려 줘도 될 것을 몇 번이나 반복하면서.

덕분에 도수는 알아듣기 쉽게 지하철 타는 법을 배울 수가 있었다.

막상 지하철은 타자 그다지 혼잡스럽지는 않았다.

앉을 자리가 몇 군데 보이기는 했지만 앉지는 않았다. 정류장도 몇 개가 되지 않았고, 사람들이 힐끗힐끗 쳐다보는 것이 부담스러웠기 때문이었다.

예전 수수깡처럼 말랐을 때는 아무도 쳐다보지 않았건만 몸이 근육으로 바뀐 것만으로도 사람들의 시선이 확 바뀌었다.

종로에서 영등포역까지는 20분이 채 걸리지 않았다.

도수는 역에서 내려 호일이 다니는 직장을 찾았다. 주소가 머릿속에 각인이 되어 있지만 그것만으로 호일의 직장을 찾기란 어려웠다.

일단 길이 너무 복잡했다. 사람들은 많았고 상가는 셀 수도 없었다.

예전에도 영등포는 복잡했다고 기억하지만, 몸이 아직 적응을 하지 못하고 있는 탓이었다. 사람들이 많은 곳에서 괜한 스트레스가 쌓였다.

2시간을 헤맨 후에야 호일이 일하는 직장을 찾을 수가 있었다.

영등포역에서는 꽤나 떨어진 거리였기에 더욱 찾기가 힘들었다.

그는 중고차 영업소에서 영업사원으로 일하고 있었다. 꽤나 큰 회사로 보였다. 1층부터 2층까지 중고차가 가득 차 있었다.

비수기라고 하지만 손님들은 가득하다. 사무실은 안쪽에 있는지 호일을 보이지 않았다.

이제 호일이 근무하는 곳을 알았다.

놈이 자신의 존재를 눈치채지 않는 이상 놓칠 리는 없었다.

느긋하게 놈이 움직이는 방향을 향해서 쫓아가면 된다. 그리고 놈의 입에서 진실을 듣겠다.

도수는 중고차 매매 상가가 있는 도로 건너편 카페에 자리를 잡았다.

요즘 한창 유행하는 것이 프랜차이즈이라고 하더니 이곳은 아직 업종 변경을 하지 않는 듯했다.

예전 다방처럼 짧은 치마를 입은 아가씨가 주문을 받았다.

탁자 위에는 칼로 찌르면 해적이 튀어나오는 게임 기구가 놓여 있었다.

다른 곳으로 옮길까 하다가 관두기로 했다. 이곳에서 호일이 있는 중고차 매매 상가가 가장 잘 보인다. 뒷길로 나가지 않는 한 반드시 걸린다.

도수는 가만히 앉아서 놈이 나오기를 기다렸다.

퇴근 시간까지 서너 시간이 남았지만 기다릴 가치는 충분히 있었다.

그동안 놈의 입을 어떻게 열까 다시 한 번 되새김질을 하는 것도 나쁘지 않으니까.

갈색으로 염색을 하고 파마를 한 20대 중후반의 종업원이 그의 옆에 앉았다.

"오빠, 혼자 왔어요? 나는 미래라고 해요."

도수는 무심한 눈빛으로 그녀를 바라봤다.

조용히 있고 싶었는데 역시 이곳은 다방이었다. 예전 군대에 있을 때 휴가를 맞춰 나온 동기들과 호기심으로 다방을 갔던 적이 있었다.

그때도 지금과 비슷했다.

여종업원들 두 명이 그들 옆에 앉아서 한 잔씩 더 시켜 달라고 했다. 당시 도수는 어정쩡한 자세로 앉아 있었다.

아직 여자에 대해서 숫기가 없었던 때였다.

기억으로는 20대 초반의 종업원이었던 걸로 기억난다.

나이를 속였는지 아닌지는 알 수가 없었다.

동기들은 신이 나서 그녀들과 떠들었다. 차 시간이 다가 왔지만 대화는 끝이 날 기미를 보이지가 않았다.

도수는 동기들에게 먼저 간다고 하고 서울로 올라왔다.

나중에 이야기를 들으니 그녀들이 끝날 때까지 기다렸다 가 같이 술을 마셨다고 한다.

술을 마시고 같이 밤을 지새웠다면 자랑했다.

둘이 합쳐서 오십만 원이라는 거금을 홀라당 날린 것은 말하지 않았다.

머나먼 추억이 잠깐 떠올랐다 사라졌다.

도수는 그녀를 향해서 고개를 흔들었다. 대화를 하고 싶 지 않다는 뜻이었다.

그녀도 도수의 분위기를 알았는지 '심심하면 불러요. 저 는 조기 앞에 있을 테니까요.' 라고 말을 하고서는 자리로 돌아갔다.

주위가 조용해지자 도수는 중고 자동차 매매 상가를 지켜 봤다.

호일이 나올 때까지 몇 명의 손님들이 다방에 들어왔다가 나갔다.

대체로 나이가 지긋하신 분들이 많았다.

종업원들은 아버지뻘 되는 그들에게 오빠라고 부르면서 같이 차를 마셨다.

종업원은 네 명으로 한두 명만 남았고, 나머지는 배달을 다니는 모양이었다. 시끄럽게 계속 왔다 갔다 하는 것으로 봐서는.

시간이 됐다.

중고 자동차 매매 상가의 사원들도 보이는 사람들이 몇몇씩 무리를 지어서 밖으로 나왔다.

상가 앞에서 서로 인사를 하며 헤어지는 사람들이 있는가 하면 무리를 지어 영등포 상업지구 방향으로 걷는 자들도 있었다.

오늘 일도 끝마쳤으니 한 잔씩 하려는 의도 같았다.

퇴근 시간이 30분이 지났지만 아직 호일은 모습을 보이지 않고 있었다.

도수는 팔짱을 낀 채 기다렸다.

십 년을 기다려 왔다. 겨우 30분 정도로 평정심이 깨질 리가 없었다.

7시가 넘었다.

놈이 나타났다.

갈색 숄더백을 어깨에 메고 있었다. 답답했던지 나오면서 넥타이를 풀었다.

그는 옆에 사람과 인사를 하고는 반대편으로 걸어갔다.

차는 가지고 오지 않은 모양이었다. 차를 타고 왔다면 번호만 확인할 참이었다.

도수는 카운터에서 계산을 하고 나왔다. 해가 떠 있을 때보다 훨씬 차가운 바람이 그의 얼굴을 훑고 지나갔다. 따뜻했던 다방 안과는 차원이 달랐다.

얼굴이 금방 얼어붙었고 허연 입김이 뿜어졌다.

도수는 가죽 장갑을 꼈다. 빙판이 된 거리를 넘어지지 않게 걸으면서 호일을 쫓았다.

6차선 도로 너머에 있어 놓칠 수도 있었지만 개의치 않았다.

놈의 모습은 10년 동안 상상해 왔던 그대로였다. 천 명 속에 섞어 놔도 한 번에 놈을 찾을 수가 있었다.

그는 버스 정류장 앞에 섰다.

버스 정류장 앞에는 몇 분 뒤에 버스가 도착하는지 알려 주는 기계가 있었다.

겨우 10년의 세월이지만 참으로 많이 변했다는 생각이 들었다.

도수는 신호등을 건넜다. 놈과 바로 뒤편에 섰다.

호일은 발을 동동 굴렀다. 발이 추운지, 기다리기 지겨운지 알 수는 없었다.

그는 한 번도 뒤를 돌아보지 않았다.

자신을 노리는 사람이 있다는 것을 알면 모를까, 일부러 돌아볼 필요는 느끼지 못할 것이다.

버스가 왔다.

호일이 올라타며 카드를 찍었다.

가운데 두 사람이 더 타고, 그 뒤에 도수가 올라탔다. 그는 천 원짜리 두 장을 통에 넣었다.

버스 기사가 어디까지 가냐고 묻자, 도수는 끝까지 가니 넣어 두라고 하였다. 버스 기사는 아무런 말을 하지 않았다.

버스가 출발했다.

도수는 호일의 옆에 섰다.

숨이 막히도록 큰 도수가 옆에 서자 호일은 힐끗 쳐다봤다.

그리고는 바로 고개를 돌렸다.

왜 깡패 새끼가 버스에 타냐는 표정이었다. 다른 사람들도 마찬가지였다.

퇴근 시간이라 꽤나 붐비는데 호일과 도수 주변만이 한산했다.

최대한 도수와 부딪치지 않으려고 애를 쓰는 모습들이 역력했다.

호일은 도수를 알아보지 못했다.

정면으로 봐도 알아차릴까 말까 한데, 잠시 옆모습만 본 것으로는 알아차릴 수가 없었다.

호일은 신길 시장 앞에서 내렸다. 짐을 진 두 명의 아주머니가 뒤따라 내렸다.

도수는 가장 마지막에 내렸다.

그가 내린 시장 앞에는 20년 전에나 봤을 법한 극장 간판이 걸려 있었다.

어렸을 적 아버지와 어머니의 손을 잡고 그림이 그려진 간판이 크게 매달려 있는 극장을 찾았던 기억이 난다.

지금 그가 본 것이 손으로 그림 극장 그림 간판이었다.

물론 예전처럼 로봇이 그려진 것이 아니라 속옷만 입은 여자가 누군가를 유혹하는 그림이었지만.

시장 근처에는 꽤나 많은 사람들이 있었다.

특히 중국어가 많이 들렸다.

흡사 차이나타운에 잘못 온 것이 아닌가 할 정도로 중국 사람들이 많았다. 동남아 사람들 역시 적지 않았다.

가리봉동만 중국인, 동남아 노동자가 많은지 알았는데 아닌 모양이었다.

그들을 뒤로 하고 도수는 호일의 뒤를 쫓았다.

그는 시장에서 귤을 한 봉지 산 다음 다가구 주택으로 들어갔다.

그가 들어간 곳은 2층이었다.

문을 열자 내복을 입은 어린아이 두 명이 뛰어나왔다.

호일은 어이구, 내 새끼들, 오늘 잘들 놀았어, 라며 안아서 들어 올렸다.

20대 후반으로 보이는 여인이 나타나 그의 숄더백을 받았다.

그녀가 아내일 것이다.

곧 문이 닫혔다.

두 딸의 얼굴과 아내의 얼굴을 확인했다. 집도 확인했다.

좋아, 이 며칠이 네가 처먹는 마지막 만찬이다.

*　　*　　*

크리스마스 이브였다.

TV에서는 시도 때도 없이 흥겨운 음악이 흘러나왔다.

연말연시를 맞이하여 온갖 시상식들이 벌어졌다.

한 해 내내 먹고 살기 힘들다는 뉴스만 나왔지만, 지금의 분위기는 조금 달랐다.

분위기가 한껏 달아오른 축제 같았다.

그동안 주머니를 아꼈던 샐러리맨들도 친구 혹은 동료들을 만나서 마음껏 회포를 풀었다.

도수는 TV를 껐다.

세상 사람들은 뭐가 그렇게 즐거운지 마음껏 웃으며 떠들지만, 그는 전혀 그렇지가 않았다.

모든 웃음이 가식 같았고 웃는 얼굴은 가면 같았다.

그는 검은색 파카를 챙겨 입었다.

오늘은 호일을 만나는 날이다.

놈의 입에서 10년 전 그때 무슨 일이 벌어졌는지 들어야 한다.

놈의 어떤 식으로 나오느냐의 따라서 그의 운명도 결정될 것이다.

그래서 옷의 색을 블랙으로 정했다.

검은색 파카를 걸치고 목도리를 했다. 움직이기 편한 건빵 바지를 입었고 워커를 신었다.

그가 신은 워커의 무게는 1.5kg이다.

언뜻 생각하면 그다지 무겁지 않은 무게지만, 도수의 다리 힘을 생각하면 그렇지 않았다.

그제 워커를 신고 실험을 해 보았다.

그의 발차기에 벽돌 다섯 장이 가볍게 깨졌다. 있는 힘껏 차지 않았음에도 그 정도의 위력이었다.

인간의 몸으로 도수이 발차기를 막는다면 어딘가 한 군데는 반드시 부러진다. 팔이건, 다리건.

그는 오피스텔 박으로 나와 엘리베이터를 타고 지하 3층으로 내려갔다.

지하 3층에는 김성태가 6인승 SUV 승합차를 대기시켜 놓고 있었다.

"편안한 밤 되셨습니까, 형님."

김성태는 도수를 보자마자 90도로 인사를 했다.

너무 깊게 허리를 굽혀 이마가 무릎에 닿을 것처럼도 보였다.

"너무 오바하지 마. 갈 길이 있으니 편안하게 하자."

"알겠습니다, 형님."

그는 다시 고개를 숙였다.

방금 전처럼 이마가 무릎에 닿을 정도는 아니지만 90도인 것은 변함이 없었다.

아무래도 기현에게 단단히 주의를 받은 모양이었다.

"가자."

도수는 조수석에 앉았다. 성태는 바로 운전석에 앉았다.

도수는 운전을 하지 못한다.

군대에 갔다 와서 따려고 했지만, 사건이 터지는 바람에 아직도 무면허인 것이다.

어지간해서는 혼자서 일을 처리하려고 했지만, 이번 일은 차가 없으면 매우 곤란해졌다.

어쩔 수 없이 기현에게 이야기를 했고 그는 기꺼이 성태에게 운전기사 노릇을 시켰다. 성태도 기쁜 마음으로 그의 운전기사 노릇을 했다.

교도소에 들어갔다 온 사람이라면 한 번쯤을 도수의 이름을 들어 봤다.

사소한 일도 전설처럼 남아 있었다.

그런 인물을 직접적으로 모실 수 있다는 생각에 성태는 얼음처럼 바짝 얼어 있었다.

"어디로 모실까요?"

"의정부 농림 캠핑장."

"알았습니다."

성태는 부드럽게 차를 출발시켰다.

평상시처럼 핸들을 막 꺾거나 제동기를 울컥울컥 밟지 않았다.

도수가 금방 잠이라도 들 수 있게 안전하고 부드럽게 차를 몰았다.

크리스마스이브지만 차는 막히지 않았다. 대부분의 사람들이 도심 쪽으로 빠진 듯했다.

캠핑장은 의정부 시내에서 그리 멀지 않았다. 약 20분 만에 캠핑장에 도착했다.

때를 맞춰서 가족끼리 캠핑을 온 사람들이 꽤나 많았다.

도로에는 차가 없었지만 캠핑장 입구는 막힐 정도로 꽉 찼다.

그가 예약한 장소는 제 2캠핑장이었다. 제 1캠핑장은 산 밑에 있었다.

야경은 좋지 않지만, 가장 시설이 잘되어 있는 곳이었다.

샤워 시설부터 취사 도구까지 갖춰져 있었다.

캠핑장 근처에 있는 가건물에는 탁구대와 당구대, 여러 오락 시설까지 있었다.

연인들보다는 가족끼리 왔을 때 유용한 장소였다.

제 2캠핑장은 산 중턱이었다.

대략 차량 30대 정도가 주차 가능하고, 40개의 텐트를 칠 수가 있었다. 야경은 좋지만 제 1캠핑장보다는 편의 시설이 불편했다.

도수가 2캠핑장을 예약한 이유는 호일의 가족도 그곳으

로 오기 때문이었다.

아직 해가 지지 않았지만 이미 반 수 이상의 캠핑 장소가 차 있었다.

사람들은 북적거렸고, 아이들이 시끄럽게 뛰어다녔다.

벌써 술에 취했는지 얼굴이 벌겋게 변한 사람도 있었다.

성태는 예약이 되어 있는 텐트 구역 앞에 차를 세웠다.

"여깁니까, 형님?"

"그래."

"춥습니다. 잠깐만 기다리십시오. 제가 후딱 텐트를 치겠습니다."

성태는 차 안에 히터를 켜 놓고 내렸다.

그리고는 차 뒷좌석에 잔뜩 실려 있는 캠핑용품을 혼자서 꺼내기 시작했다.

도수는 차에서 내렸다.

"형님, 괜찮습니다. 제가 할 수 있습니다."

도수가 도우려고 했지만, 성태는 절대 안 된다며 극구 그를 차 안으로 밀어 넣었다.

뭐라고 한마디하고 싶지만 그냥 참기로 하는 도수였다.

저렇게까지 말을 하는데 자신이 굳이 나설 필요가 없다고 여겨졌다.

성태는 콧노래까지 부르며 캠핑용품을 정리했다.

조직에 남아 있었으면 기껏 밤새 술이나 마셨을 텐데, 존경하는 사람과 야영을 할 생각을 하니 꽤나 즐거운 모양이었다.

그는 텐트를 펴고 텐트 폴을 연결했다. 텐트 폴은 연결했지만, 정작 텐트는 세우지 못했다.

땀을 뻘뻘 흘리며 몇 번이나 시도했지만 이상하게 폴의 아귀가 맞지 않았다.

점점 화가 나는 모양이었다.

그는 저쪽 구석으로 가서 담배를 뻑뻑 피더니 다시 와서 텐트 세우기에 도전했다.

역시 텐트는 세워지지 않았다.

보다 못한 도수가 차에서 내렸다.

"아따, 형님, 괜찮습니다. 제가 할 수 있습니다."

"됐어, 내가 돕지."

도수가 돕자 텐트는 빠르게 모습을 갖췄다.

폴 대를 박고, 텐트를 세운 후 텐트 팩을 끼어 바닥에 고정을 시켰다.

스프링을 하고 나서 마지막으로 플라이를 씌웠다.

이제야 다른 텐트들과 비슷한 모양이 되었다.

"역시 형님은 못하는 것이 없네요. 존경스럽습니다."

"네가 하는 것이 어설퍼."

"그, 그렇습니까."

성태는 쑥스럽다는 듯이 뒷머리를 긁적거렸다.

도수는 주위를 돌아보았다.

어느새 해는 지고 달이 뜨고 있었다.

급격하게 기온이 내려간다.

사람들이 서둘러 모닥불을 피우는 것이 보였다.

도수는 차에서 그릴을 꺼냈다. 캠핑장에 비치되어 있는 반으로 쪼갠 드럼통 속에 번개탄과 나무 목탄을 넣어 불을 지폈다.

불이 붙기 시작하자 그 위에 그릴을 놓고 은박지를 올렸다.

"형님, 여기."

성태가 두 개의 아이스박스를 가지고 왔다.

안에는 5000g이 넘는 각종 고기가 들어 있었다.

어지간한 도수도 황당한 표정을 지었다.

분명 일을 처리하러 가기 위해 이곳에 온다고 얘기를 했건만 성태는 다른 생각을 하고 있었던 모양이었다. 다른 아이스박스에는 소주와 맥주가 가득 담겨 있었다.

한숨이 나왔지만 그의 뜻대로 따라 주기로 했다.

다른 사람들이 그들을 계속해서 힐끗 거린다. 도수와 성태 누가 봐도 건달이었다.

왜 신성한 캠핑장에 깡패 새끼들이 왔냐는 불만스런 표정들이 역력했다.

그들과 마찰을 일으킬 생각은 조금도 없었다.

도수는 자리를 잡고 앉아서 고기를 구웠다. 성태는 더욱 신이 나는지 캔 맥주 두 개를 가지고 와서 뜯은 후 도수에게 건넸다.

"형님, 이것 좀 드십시오."

고기는 보기 좋게 익어 갔다.

장작과 번개탄이 같이 타면서 익힌 고기의 맛은 기가 막혔다.

도수와 성태는 주고니 받거니 맥주를 한 모금씩 마셨다.

약 1시간이 지났을 무렵이었다.

라이트를 켠 소형차 한 대가 제 2캠핑장 안으로 들어섰다.

도수는 맥주를 입으로 가져가며 소형차를 보았다.

하얀색 신형 프라이드. 며칠 전 그의 집 앞에서 봤던 그 차였다.

대체로 호일의 아내가 아이들을 유치원에 데려다 주고 데리고 올 때 쓰는 용도였다.

바로 옆의 옆에 구역에 소형차가 세워지고, 호일과 아내가 내렸다.

그들은 트렁크를 열어서 캠핑용품들을 꺼냈다. 아이들은 아직 차 안에 남아 있었다. 꽤나 추우니 텐트를 칠 대까지 내버려 둘 모양이었다.

호일을 두터운 흰색 파카를 입고 있었다. 그를 보자 심장이 뜨겁게 타오르기 시작했다.

잠잠하던 피가 들끓었다.

어떡하면 놈의 입을 열게 할까 수백 번, 수천 번을 상상해 왔다.

추악한 상상부터 최악의 상상까지…… 안 해 본 것이 없었다.

그리고 드디어 오늘 놈과 대면한다.

도수는 크게 심호흡을 하며 참을성 있게 기다렸다. 10년을 기다려 왔는데 기껏 20~30분쯤이야.

놈과 대면하는 순간이 기다려진다.

호일과 아내는 꽤나 호흡이 잘 맞았다.

둘은 30분도 채 되지 않아서 텐트를 세웠다. 텐트를 세우고는 곧바로 저녁을 준비했다.

호일이 야영장 세면대에 가서 코펠을 닦은 후 쌀을 씻어 왔다.

아내는 찌개와 고기를 준비했다.

쌀을 버너에 올린 후 고기 굽는 준비를 했다.

도수가 준비하던 절차와 별반 다르지 않았다. 고기가 굽기 시작하자 호일은 아이들을 불렀다.

잠이 들었었던지 딸아이들은 칭얼대며 차에서 내렸다.

그러나 보기 좋게 구워지는 고기를 보자 언제 그랬냐는 듯이 얼굴이 밝아졌다.

밥이 다 되자 작은 용기에 퍼서 아이들에게 주었다. 호일과 아내는 고기를 먹으며 소주를 한잔 곁들였다. 꽤나 행복해 보이는 모습.

그를 보고 있자니 우스운 살심이 불끈불끈 솟아났다.

즐겁나?

그렇게 즐거워?

도대체 너희들은 도영에게 무슨 짓을 한 것이냐. 오늘 반드시 입을 열어야 할 것이다.

도수는 아직 뜯지 않았던 캔 맥주를 꽉 쥐었다.

순간 '퍼석' 소리를 내며 캔 맥주가 산산조각이 났다. 바로 앞에서 보고 있던 성태는 보고도 믿지 못했다.

아귀만의 힘으로 캔 맥주를 터트릴 사람이 세상에 몇 명이나 될까.

"혀, 형님."

놀란 성태가 말을 더듬었다.

"너는 이제부터 내가 시키는 대로만 해라."

도수의 음성이 확연하게 낮아져 있었다.

성태는 고개를 끄덕였다. 도수는 더욱 낮은 음성으로 그에게 여러 가지를 지시했다.

잠시 후 도수는 자리에서 일어났다. 성태도 따라서 일어났다.

워낙 거구의 사내들이 움직이자 몇몇 텐트의 사람들이 힐끗거리며 그들의 눈치를 보았다.

도수와 성태는 호일이 있는 곳으로 다가갔다.

호일도 도수와 성태에 존재에 대해서 눈치를 채고 있었다.

하지만 자신들과 관계가 없는 인물들이기에 신경을 쓰지 않았다. 그저 몇 번 그들을 쳐다보고는 아내와 아이들에게 집중했다.

그런데 도수와 성태가 그들이 있는 곳으로 다가왔다.

화장실을 가는 것인가 의아했지만 그것은 아닌 모양이었다. 호일이 있는 곳으로 일직선으로 다가왔다.

호일은 그들과의 눈을 마주치지 않기 위해서 시선을 돌렸다.

설마, 자신에게 다가오는 것은 아니겠지, 라는 표정이었다.

그들과 부딪친 적도 없었고, 말을 섞은 적도 없었으며, 그들을 기분 나쁘게 한 적도 없었으니 당연한 생각이었다.

그러나 그의 의도와는 다르게 도수는 호일이 있는 텐트 앞으로 다가왔다.

호일의 아내도 두려운 눈으로 도수를 바라봤다. 한창 재잘거리던 아이들도 잠시 입을 멈췄다.

도수는 최대한 정중하게 물었다.

"혹시 호일 씨 아닙니까?"

전혀 예상하지 못했던 장소에서 자신의 이름을 불리자 호일은 당황했다.

그는 빠르게 머리를 굴렸다. 건달과 자신의 연관점이 있는 것이라고는 자동차밖에 없었다.

"아, 네. 맞습니다."

호일은 자리에서 일어나 영업사원의 자세로 돌아갔다.

그는 도수를 세심하게 살폈다. 옷 스타일부터, 얼굴 생김새, 특징, 말투 모두를.

분명 낯이 익다.

그런데 어디서 봤는지 도무지 기억이 나지 않았다.

영업사원의 특성상 웬만한 고객은 몇 번이 지나도 잊어버리지 않는다.

특히 저렇게 덩치가 산만 한 사내를 기억하지 못할 리가 없었다.

그럼에도 호일의 머릿속에 떠오르는 마땅한 사람이 없었다.

낯은 익는데, 왜일까.

"맞네. 하도 오래간만이라 긴가민가했다."

도수는 반가운 표정을 지으며 손을 내밀었다.

"아, 네."

호일은 그의 손을 맞잡았다.

맞잡으면서도 생각을 멈추지 않았다.

여기서 사내를 기억해 내지 못하면 고객을 잃을지도 모른다. 사내는 정확하게 자신을 기억하고 있지 않은가.

"나 기억하지?"

도수는 빙그레 미소를 지었다.

호일은 그의 웃는 얼굴이 어쩐지 차갑다고 느껴졌다.

서늘한 기운이 감돈다고 해야 할까. 기분이 좋지 않았다.

어서 그를 기억하고 다음을 기약하며 보내고 싶었다.

아내와 아이들을 데리고 한 달에 한 번 오는 오토캠핑이 그에게 유일한 낙이었다.

이 짧은 행복을 이곳까지 와서 방해받고 싶지는 않았다.

그런데 이 머리통은 왜 사내를 기억하지 못할까. 심히 답답했다.

"기억 못하나 보네. 하긴 나도 꽤 변했으니까."

변했다, 라니.

이해가 가지 않았다. 고객이 아닌가? 친구들은 만난 지 5년이 지났다.

가장 친한 친구라고 할 수 있는 상준과 영수는 어떻게 살고 있는지도 잘 몰랐다.

건너건너 종종 얘기만 들을 뿐이다.

그들과 연관이 된 자라고는 생각할 수가 없었다.

"나야, 도수. 도영이 형."

도수는 호일을 향해서 다시 한 번 싱긋 웃었다.

그 웃음을 보는 순간, 도수의 이름을 듣는 순간 심장이 쿵 내려앉는 느낌을 받는 호일이었다.

그는 자신도 모르게 뒷걸음질을 치다 의자에 부딪쳐 그대로 주저앉고 말았다.

"어머, 여보."

놀란 아내가 급히 호일을 일으켰다.

호일의 눈동자가 급격하게 흔들리고 있었다. 얼굴 근육이 푸들푸들 떨리며 안색이 나빠졌다.

도수는 성태에게 눈짓을 했다. 그가 급히 달려가 의자 두 개를 가지고 왔다.

도수는 성태가 가지고 온 의자에 앉으며 말했다.

"오랜만이지? 정말 반갑네. 신호일, 보고 싶었다."

"네? 네."

호일은 심장이 덜렁덜렁 거리는 것 같았다. 얼떨결에 대답을 했지만 자리를 박차고 일어나 차를 몰고 집으로 돌아가고 싶었다.

그 충동을 억지로 참을 수밖에 없었다.

여우 같은 아내가 있고, 토끼 같은 딸들이 있었다. 그들을 버리고 내버려 두고 갈 수는 없는 노릇이었다.

도수와 눈이 마주쳤다.

그의 눈동자에서 한기가 느껴졌다.

입꼬리는 웃고 있지만, 절대로 웃지 않고 있다는 것을 본능적으로 알아차렸다.

그가 왜 이곳에 왔을까. 정말로 우연히 마주친 것일까.

도수와 호일이 운명적으로 이곳에서 우연히 마주칠 확률을 로또에 맞을 만큼이나 적었다.

도수는 자신을 찾아온 것이다.

10년의 시공간을 넘어서.

두터운 파카를 입은 호일의 등줄기에서 식은땀이 줄줄 흐르기 시작했다.

7.
살의

CITY OF
WILD BEAST

분위기는 좋았다.

아이들과 아내, 도수와 성태가 둥글게 둘러앉아서 담소를 나눴다.

처음에는 아이들과 아내가 도수와 성태를 보며 겁을 냈던 것은 사실이었다.

그러나 호일의 친구 형이라는 것을 듣고는 안심하는 표정이었다. 이야기를 나눠 보니 나쁘지 않은 사람들이라고 느낀 모양이었다.

아이들의 이름은 혜미와 혜지라고 하였다. 5살, 4살, 한 살 차이로 아이들을 키우는 재미로 살고 있다고 하였다. 아내의 이름은 단비, 독특한 이름이었다.

2년간 연애를 하고 6년 전에 결혼을 했다고 한다.

단비는 남편이 가정적이고 성실한 것이 마음에 들어서 결혼을 했다고 하였다.

"제수씨는 엄청 어려 보이네요. 나이 차이 좀 나시죠?"

성태가 물었다.

덩치에 맞지 않고 붙임성이 꽤나 좋았다.

혜미와 혜지도 그런 그가 마음에 드는지 삼촌, 삼촌 하면서 무릎에 앉기도 했다.

단비가 삼촌 힘들어, 어서 이리와, 라고 했지만 말을 듣지 않았다.

성태는 괜찮습니다, 애들이 너무 예쁘네요, 라면서 단비를 안심시켰다.

덕분에 분위기는 화기애애할 수가 있었다.

호일은 말수가 없었다.

그는 도수가 묻는 말에 네, 네 하며 대답을 할 뿐, 그 외에는 일체 다른 말이 없었다.

2시간쯤 지나자 사슴처럼 뛰어놀던 혜미와 혜지가 졸리다며 칭얼거렸다.

단비는 그런 아이들을 품에 안았다.

"죄송해요, 먼저 들어갈게요. 저희 신랑하고 회포 푸세요."

"네, 쉬세요."

도수와 성태가 자리에서 일어나 그녀에게 고개를 숙였다. 꽤나 예의가 바른 모습이었다.

"여보, 너무 술 많이 마시지 말고."

"알았어."

호일도 고개를 끄덕였다.

단비는 혜미와 혜지를 데리고 텐트 안으로 들어갔다.

날벌레가 들어오지 않게 안쪽에서 지퍼를 내렸다.

얼마 지나지 않아 모두 잠이 들었는지 소곤거리는 소리도 들리지 않았다.

주변 텐트의 사람들도 마찬가지였다. 몇몇 텐트는 날을 잡았는지 밤새 술을 마실 기세였지만 대부분이 일찍 잠이 들었다.

특히, 아이들을 데리고 온 가족들이라면 11시를 넘기지 않았다.

어느새 술에 취한 사람들도 모두 텐트 안으로 들어갔다.

가로등 하나 없는 깜깜한 산속에서 켜진 불이라고는 그들이 앉아 있는 곳과 100m 쯤 떨어져 있는 화장실과 세면대 밖에 없었다.

호일의 아이들과 아내가 사라지자 분위기는 가라앉았다.

도수도 성태도 아무 말을 하지 않았다.

그들은 종이컵에 소주를 부어서 벌컥벌컥 마실 뿐이었다.

"……언제 나오셨어요."

호일은 한참이나 뜸을 들인 후에야 입을 열었다.

아이들 앞에서 도수가 교도소에 있었다는 말은 하지 않았다. 그렇기에 이제야 그것을 묻는 것이다.

"얼마 안 됐어."

"죄송해요. 면회를 갔어야 하는데 먹고 살기가 바빠서."

"아니, 신경 쓸 것 없어."

도수의 냉정한 말에 호일은 몸을 움츠렸다.

아직 고기를 굽던 불이 꺼지지 않았고, 두터운 파카를 입고 있어 그다지 춥지는 않았지만 호일은 이상하게 온몸을 떨고 있었다.

"먹고 살기는 힘들어도 행복은 했나 봐. 얼굴에 기름이 잘잘 흐르는 것을 보니까."

"네? 아, 그야. 아이들 키우는 재미로 사니까……."

호일을 말끝을 흐렸다.

도수의 말끝에 가시가 돋아 있었다.

도영은 실종이 된 지 10년이 지났는데 너는 아주 잘 먹고 잘살고 있구나, 라는 말로 들렸다. 그와 함께 있는 것이 불편하고, 불안했다.

"그런데 여긴 어쩐 일로."

설마 나를 만나기 위해서 이곳까지 왔습니까, 라는 질문을 에둘러 표현한 것이다.

"왜? 내가 반갑지 않나."

"아, 아닙니다. 그나저나 꽤나 변하셨습니다. 전혀 몰라봤습니다."

"그런가."

"네, 분위기도 그렇고, 길에서 마주쳤으면 몰라볼 뻔했습니다."

고개를 끄덕인 도수는 호일을 바라봤다.

호일은 그의 눈을 피했다. 도수를 볼 때마다 심장이 죄는 듯한 고통을 받는다.

그와 얼굴을 마주하고 있는 것 자체가 호일에게는 고문이었다. 그다지 세지 않는 술을 연거푸 마시는 것도 그 이유였다.

술기운이라도 빌리지 않으면 당장이라도 이곳을 뛰쳐나가고 싶었다.

아니면 벌떡 일어나 '제발 좀 꺼져! 내 인생에서 나가 줘! 나도 고통받았단 말이야!' 라고 외치고 싶었다.

물론 그 고통에 대해서 도수에게 말을 할 수는 없었다.

예전에 도수였다면 그럴 수 있었을지도 모른다.

그러나 지금의 도수는 예전의 도수가 아니었다. 이종 격투기 선수처럼 변해 버린 몸만 그런 것이 아니었다.

풍기는 분위기 자체가 완전히 달라졌다.

그는 영업사원이다.

말투와 분위기, 옷차림과 행동거지로 상대방이 어떤 사람인지 대충 짐작이 가능했다.

그의 직감은 90퍼센트 이상 적중한다.

하지만 도수는 그가 알던 그 어떤 범주에도 들어가지 않았다.

북극 심해에서 나타난 미지의 생물 같았다.

그의 서늘한 눈빛을 얼핏 마주쳤을 때 오늘 밤 제대로 넘어가기 틀렸구나, 를 예감할 수 있었다.

"물어볼 것이 있는데."

도수는 종이컵에 있던 술을 털었다.

양손 깍지를 끼고 무릎에 대고는 호일을 정면으로 응시했다.

올 것이 왔구나, 라는 표정으로 호일은 고개를 끄덕였다.

"무엇을 말입니까."

"도영이에 대해서."

도수는 호일을 유심하게 바라봤다.

추위 때문에 그런지 아니면 술을 먹어서 그런지 몰라도 얼굴이 벌겋게 달아올라 있었다.

10년 전 그때처럼 호일은 안절부절하지 못했다. 놈은 담이 작다.

혼자서 크게 일을 벌일 타입이 아니었다.

도영에 대해서 무엇인가를 알고 있지만 입을 꾹 다물고 있을 것이다.

"네, 말씀하세요."

호일은 종이컵에 소주를 가득 채운 후 단숨에 들이켰다. 앞에는 그의 아내가 만들어 놓은 안주가 가득했지만 먹지 않았다.

젓가락은 도수를 처음 만난 자세 그대로 가만히 있었다.

"도영이에게서 연락 온 적 없지?"

"네."

"한 번도?"

"네, 한 번도 연락 온 적 없습니다."

"그럼 바꿔서 묻지…… 도영이 어떻게 했어?"

"그, 그게 무슨 제가 도영이를 어떻게 하다니요……."

호일의 표정이 눈에 띄게 흐트러졌다.

종이컵을 들고 있던 손이 바들바들 떨렸다.

숨이 가쁜지 입에서는 술 냄새가 나는 더운 입김이 연달아서 뿜어졌다.

"당시 내가 너한테 찾아가기 보름 전 입금된 500만 원은 뭐지? 세 번이나, 모두 천오백만 원이란 거금이 무통장 입금으로 되어 있더군."

"무, 무슨 소린지 모르겠습니다."

"내가 설명할까?"

"뭘 말입니까!"

호일은 벌떡 일어서며 언성을 높였다.

눈동자는 금방이라도 터질 것처럼 핏발이 잔뜩 서 있었다.

"앉아 있어, 씨벌놈아."

어느새 일어난 성태가 호일의 등 뒤로 와 있었다.

그는 억센 손으로 호일의 어깨를 잡고 강제로 앉혔다.

마치 마사지를 하는 것처럼 호일의 어깨를 쿡쿡 눌렀다.

어깨를 양 손가락으로 누를 때마다 호일의 입에서 신음이 흘러나왔다.

괜한 객기를 부렸다는 후회가 그의 표정에서 드러났다.

도수는 자세를 풀고 허리를 뒤로 젖혔다.

다리를 꼬고는 무릎 위에 양손을 얹었다. 호일이 가만히 있자 그는 말을 이었다.

"상준, 영수와 너…… 너희 셋은 어떤 이유에서인지 모르지만 자금난에 시달리던 도영에게 쉽게 대출을 받을 수 있다고 꼬드겼어. 이자가 엄청났지만 한 달 안에만 갚으면 별문제가 없다고 했겠지. 도영은 승낙했을 거야. 왜냐고? 너희 셋을 믿었으니까. 너희가 소개시켜 주는 곳이라면 어느정도 믿음이 가는 곳이라고 생각했으니까."

꿀꺽.

호일은 아무런 말을 하지 않았다.

마른침을 삼킬 뿐이었다. 그저 고개를 숙이고 도수의 말을 들었다.

"빚은 점점 불어났지. 도영이 벌이로는 도저히 감당할 수가 없었어. 전형적이 돌려 막기가 된 거야. 빚은 빚을 부르고 걷잡을 수가 없어졌지. 너희 셋은 또 도영을 꼬드겼어. 여러 사금융을 한 번에 모아서 갚아 줄 수 있다고. 제 1금융권으로 갈아타서 훨씬 싼 이자로 해 주겠다고. 도영은 고개를 끄덕였겠지. 동생에 입장에서는 이자가 비싼 사금융보다 이자가 훨씬 싼 제 1금융으로 갈아타는 것이 중요했거든. 너희들은 소개비 명목으로 천만 원이라는 돈을 선이자로 뗐어. 참 웃기는 일이지, 친구가 친구의 등을 그렇게 치는데 도영은 전혀 모르고 있었어. 그저 고맙게 여겼지. 너희들은 선이자를 떼고 제 1금융으로 넘어가는 대신 또 다른 대출을 요구했지. 일단 그것으로 분식점을 살려야 하지 않겠냐고. 그때에 가서는 도영은 이성이라고 부를 만한 정신이 없었어. 너희들이 구원 줄 같았겠지."

"저, 저는 반대했습니다."

거기까지 말하자 호일의 입이 열렸다.

도수가 말한 대부분이 말이 맞았다.

그로서는 더 이상 뒤로 뺄 수가 없었다. 자신에게는 죄가 없다고 역설하는 수밖에는……

"그래? 그럼 도영에게 무기명 채권에 사인을 하게 한 놈이 누구야."

"저, 저도 잘 모르겠습니다."

도수는 비릿하게 웃었다.

가슴 밑바닥에 숨어 있던 살심이 서서히 고개를 들고 있었다.

눈앞에 있는 놈은 동생을 실종으로 몰고 갔어. 살려 둘 가치가 없는 놈이야, 라는 악마의 속삭임이 도수의 심장을 마구 울렸다.

"웃기는군. 너희 셋이 같이 공모한 거야. 너희 셋이 모르면 누가 알겠나. 너희 셋은 무기명 채권을 누군가에게 팔아 먹었지. 너희는 꽤나 많은 돈을 챙겼고 말이야. 무기명 채권을 산 놈이 도영의 실종과 관계가 있고."

"마, 맞아요. 저도 도영이 실종될 줄 몰랐습니다, 정말입니다."

미칠 듯이 끓어오르는 살심을 심호흡으로 가라앉힌다.

사람을 죽여야 살인범인가, 일부러 물에 빠트리고 죽을 줄 몰랐어요, 라고 말하면 아, 그랬구나, 하고 넘어갈 수가 있는 문제인가.

이 개자식!

"이 새끼 입 막아."

도수는 성태를 향해 말했다.

성태는 고개를 끄덕이고는 설거지를 했던 헝겊으로 호일의 입을 막았다.

놀란 호일이 일어나려고 했지만 어깨를 성태가 누르는 통에 꼼짝도 할 수가 없었다.

도수는 호일의 안쪽 허벅지를 손바닥으로 잡았다.

살집이 잡히자 아릿한 고통이 조금씩 밀려왔다.

"이곳은 말이야. 환조혈이란 곳이지. 잘못 건드리면 반신불수가 될 수도 있어. 보통 사람들은 이곳이 얼마나 치명적인 곳인지 알지 못해."

도수는 호일의 안쪽 허벅지를 손바닥으로 쥐었다.

아귀의 힘만으로 캔 맥주를 우그러트리는 힘이다.

아무리 옷을 입고 있다지만 연약한 허벅지의 살로 버틸 수는 없었다.

"흐흐흐흐흐흑."

호일의 눈이 뒤집혔다. 온몸이 바들바들 떨리며 고통에 몸부림을 쳤다.

하지만 꼼짝도 할 수가 없었다.

어깨는 성태가 누르고 있고 발목은 도수의 다른 손이 잡고 있었다.

얼마나 힘들이 강한지 쇠사슬로 온몸을 묶고 있는 것 같았다.

살려 달라고 외치고 싶지만, 입안에 헝겊 때문에 어떤 말도 뱉을 수가 없었다.

우직.

기이한 소리가 들렸다.

호일의 바지 안쪽에서 붉은색이 퍼져 나왔다.

허벅지의 안쪽 살을 손으로 뜯어낸 것이다.

호일의 어깨를 잡고 있던 성태는 자신의 눈으로 보고도 믿을 수가 없었다.

자신이 당한 것처럼 온몸을 부르르 떨었다. 차라리 혀를 깨물고 말지, 라는 생각이 들 정도였다.

주르륵.

피와 함께 노란 액체가 흘러나왔다. 너무 큰 고통에 자신이 용변을 봤다는 것도 알지 못했다.

도수는 손을 놓았다.

그 짧은 시간 동안 진이 모두 빠진 호일은 차갑게 얼어붙은 흙바닥에 털썩 주저앉고 말았다. 도저히 의자에 앉아 있을 수가 없었다.

"얘기가 딴 데로 샜군. 다시 시작하지."

도수는 아무런 일도 없었다는 듯이 말을 이었다.

"사, 살려 주세요. 죄송합니다, 정말 죄송합니다. 도영이 그렇게 될 줄은 꿈에도 몰랐어요. 정말입니다. 살려 주세요."

호일이 엉금엉금 기어와 도수의 발목을 잡았다.

성태가 그의 뒷덜미를 잡고 뒤로 끌었다.

허벅지의 살이 강제로 찢어져서인지 그는 힘도 제대로 쓰지 못하고 그대로 끌려갔다.

성태는 뒷덜미에 힘을 주어 의자에 앉혔다. 의자에 앉으며 호일은 꽤나 고통스러운 표정을 지었다.

"도영이 처음 돈을 빌린 돈은 겨우 800만 원이었어. 그것이 겨우 일 년 반 만에 2억 가까이 늘었지. 그런데 말이야. 자료를 검토하다 보니까 아주 화가 나더라도. 도영이 쓴 돈은 실질적으로 4천만 원 정도밖에 안 돼. 대부분이 이자와 대환대출의 선이자로 떼였어. 무슨 말인지 알아? 너희가 1억에 가까운 돈을 도영에게 털었다고."

"저, 저도 잘 모릅니다. 정말입니다."

"그렇겠지. 십 년이나 지났으니, 과거의 일이니, 너는 아무것도 기억이 나지 않겠지."

도수가 자리에서 일어났다.

그는 차에 실려 있던 두 개의 통을 가지고 왔다. 그 플라스틱 통이 무엇인지 호일은 알지 못했다.

하지만 그것을 보는 순간 몸서리 칠 정도로 두려움이 일어난다는 것이다.

도수는 플리스틱 통에 뚜껑을 열었다.

그곳에서 휘발유 냄새가 심하게 풍겼다.

설마, 설마, 라는 호일의 표정을 읽을 수가 있었다.

도수는 플라스틱 통에 있는 휘발유를 단비와, 혜지, 혜미가 자고 있는 텐트 주변에 골고루 뿌렸다.

"하지 마! 하지 말라고! 씨발놈아!"

호일은 눈이 뒤집혀서 도수를 향해 일어났다. 아니, 일어나려고 했다.

그는 다시 성태의 손에 잡혀서 의자에 끌려 내려갔다.

성태의 억센 팔뚝이 그의 목을 휘어 감는다. 그리고 조용하게 귓속말을 속삭였다.

"이 씨벌놈 봐라. 계속 앵앵 거리네. 죄를 지었으면 받아야지. 그게 세상의 이치 아니여? 너는 형님의 아우를 그렇게 잡아 잡수시고, 이제 형님이 너희 가족을 잡아 잡수시겠다는데…… 그게 뭐 어때서? 공평하잖여, 안 그래?"

"읍읍."

성태의 팔뚝에 목이 꽉 막혀서 아무 말도 나오지 않았다.

피눈물이 흐를 것 같지만 그가 할 수 있는 일은 아무것도 없었다.

마침 멀지 않은 텐트에서 한 사내가 밖으로 나왔다. 술이 취했는지 비틀비틀 거렸다.

사내를 향해서 호일이 애처로운 눈길을 보냈지만 그는 아무것도 보지 못했다.

아니, 호일이 있는 방향으로 고개도 돌리지 않았다.

사내는 나무 뒤로 돌아가 소변을 본 후 텐트 안으로 들어갔다.

호일의 다급한 심정을 사내는 알아주지 않은 것이다.

도수는 주머니에서 담배와 라이터를 꺼냈다. 담배를 물고 불을 붙였다.

그가 한 모금을 빨아들이자 1/3이란 되는 담배가 줄어들었다.

담배 끝부분에는 시뻘겋게 변한 재가 남아 있었다. 그것이 바닥에 떨어지기라도 하면 소중한 가족이 한순간에 끝장이 난다.

도수는 아무렇지도 않게 담뱃재를 털었다. 끝부분이 툭 하고 잘리며 휘발유를 뿌린 바닥에 떨어졌다.

안 돼!

호일은 마구 고개를 흔들었다. 눈알이 당장이라도 튀어나올 것처럼 보였다.

담뱃재가 휘발유를 잔뜩 머금은 바닥에 떨어졌다. 담뱃재는 떨어지면서 불기를 꺼트렸는지 다행히도 불이 붙지는 않았다.

도수는 다시 한 모금 깊게 담배를 빨아들였다.

호일을 바라보는 그의 눈동자는 아무런 감정을 가지고 있지 않았다.

여기서 너희들을 모두 죽인다고 하더라도 나는 아무렇지도 않아, 라는 섬뜩한 눈빛이었다.

정말로 그럴지도 모른다는 것을 호일도 느끼고 있었다.

지금 도수에게 남은 것은 처절한 복수밖에 없을 테니. 자신이 발버둥친다고 벗어날 수 있는 것이 아니었다.

도수가 담배를 허공 위로 들어올렸다.

두꺼운 두 개의 손가락 끝에 불씨가 남아 있는 담배꽁초가 힘겹게 매달려 있었다.

"읍읍읍읍."

호일이 마구 몸부림을 쳤다. 눈동자에서 간절함이 흘렀다.

"뭐야, 할 말이 있나?"

호일은 미친 듯이 고개를 위아래로 흔들었다.

"아무것도 모른다면서."

이번에는 좌우로 마구 흔들었다.

고개를 흔들다가 목이 부러져도 좋다는 심정으로 흔드는 것 같았다.

"놔줘."

도수의 말에 그제야 팔을 푸는 성태였다.

목이 풀리자마자 호일을 바닥에 납작 엎드렸다.

무릎을 꿇고 도수에게 엉금엉금 기어가서 목을 놓아 울었다.

"모든 것을 말씀드리겠습니다. 하나도 빼놓지 않고 말씀드리겠습니다. 제 목숨을 가져가도 좋습니다. 제발, 제발 가족만 살려 주십시오. 잘못했습니다, 죽을죄를 지었습니다."

발밑에서 호일에게 도수는 한쪽 무릎을 꿇었다.

그는 호일의 한쪽 귀를 잡아당겼다. 귓불이 쭉 찢어지며 피가 바닥에 뚝뚝 떨어졌다.

호일은 비명을 지르지 않았다. 지금 비명을 질렀다가는 어떤 일이 발생할지 잘 알고 있었기 때문이었다. 고통스러워도 악착같이 참아 냈다.

"마지막 기회야. 내가 알고 싶은 얘기가 나오지 않는다면 오늘 밤이 가기 전에 넌 네 아내와 딸년들이 시커멓게 타 버린 시체를 보게 될 거야."

"뭐든지, 뭐든지 말씀드리겠습니다."

호일은 가족만은 살리겠다는 일념으로 사력을 다해서 도수에게 빌었다.

*　　*　　*

도수가 오피스텔에 도착했을 때는 아침 해가 밝았을 때였다.

도수는 성태와 근처 식당에서 설렁탕을 먹은 후 헤어졌다.

성태는 헤어지기 아쉬운 표정으로 소주 한 잔만 하시고 가시죠, 라고 말했지만 도수가 거절했다.

입안이 씁쓸해서 술을 마시고 싶은 마음이 없었다.

호일에게서 들은 내용은 자신의 추측과 별반 다르지 않았다.

설마 했던 내용도 사실임이 입증되었다.

동생의 가장 친했던 세 친구가 짜고서 도영의 인생을 끝장냈던 것이다.

무기명 채권을 속여서 도장 찍게 한 것까지는 억지로라도 이해할 수가 있었다.

하지만 그것을 질 나쁜 놈들에게 팔아 치운 것은 용서할 수가 없었다. 그 채권이 어디로 갔는지 호일도 알지 못한다고 하였다.

그들이 채권을 팔아 치움으로서 도영의 인생도 끝이 났다고 볼 수가 있었다.

실종 상태지만…… 살아 있기는 기대하기 힘들었다.

"으득."

도영을 생각하자 가라앉았던 살심이 되살아났다.

당시 도영이 어떤 심정이었을지 상상도 가지 않았다.

빚을 갚지 못하고 놈들에게 잡혔을 때 어떤 공포를 느꼈을지도 상상이 가지 않았다.

동생은 아무도 도와주지 않는 어둠 속에서 홀로 오들오들 떨고 있었을 것이다.

도영은 자신과 다르게 잘생겼다. 남녀를 가리지 않고 인기도 많았다.

그런데…… 그런데.

동생의 얼굴이 기억나지 않았다.

그의 손에는 가족의 사진조차 남아 있지 않았다. 어머니도, 도영이도.

호일은 살려 주었다.

다시 한 번 얼굴을 마주치는 날에는 가족과 헤어지는 날이라는 말도 머릿속에 박아 넣었다.

호일은 알았다고 했다. 살려 줘서 고맙다는 말도 빼먹지 않았다.

놈이 어떤 식으로 행동을 할지는 대충 예상을 할 수가 있었다.

극심한 공포를 느낀 그는 가족을 데리고 지방으로 내려갈 것이다.

그는 도수가 어떤 사람인지 확실하게 알았다.

자신만 죽는 것이 아니라 가족도 위험하다는 것을 느꼈다.

경찰?

놈의 배짱으로는 신고하지 못한다.

신고를 한다고 하더라도 자신이 어떤 짓을 저질렀는지부터 설명을 해야 한다.

그렇다면 그가 목숨처럼 아껴 온 가족이 해체되는 것은 시간문제였다.

아마도 그는 다시 서울 땅을 밟는 일은 없을 것이다.

놈이 상준과 영수에게 연락을 할까? 그것은 반반의 확률이었다.

도수의 입장에서는 해도 좋고, 하지 않아도 상관없었다. 어떤 식으로든 놈들에게 응징을 가할 계획이 있으니까.

도수는 옷을 벗고 샤워실로 들어갔다.

따뜻한 물로 온몸을 적시니 피곤을 풀리는 것 같았다.

피곤에 쩐 육체의 곳곳을 씻은 후 수건으로 몸을 닦고 밖으로 나와 머리를 말렸다.

말릴 머리는 거의 없었다. 삭발에 가까울 정도로 머리카락은 짧았다.

따르르릉―

전화가 왔다.

기현이 최신 폰이라면서 사다 줬는데 쓰기가 상당히 불편했다.

대부분이 사람들이 사용하는 스마트 폰이었다.

예전에 유행했던 폴더니, 슬립이니 하는 핸드폰은 한물이 갔다면서 거의 단종이 되었다고 한다.

도수는 전화를 받을지 몰라 몇 번이나 실수를 했다.

화면에 손가락을 대고 옆으로 당겨야 하는데 그것이 너무 낯설었다.

대여섯 번은 실수를 하고 나서야 가까스로 전화를 받을 수가 있었다.

컴퓨터가 되는 핸드폰이라. 도수에게서 사라진 10년은 너무도 멀리 와 있었다.

"여보세요."

도수는 전화를 받았다.

—형님, 저 기현입니다.

"그래."

—갔던 일은 잘되셨습니까?

"덕분에."

—다행이군요. 그런데 형님…….

평상시와 다르게 기현은 뜸을 들였다. 그의 성격적으로 직설적인 화법을 좋아한다.

싫다, 좋다가 확실한 것이다.

조금은 야박해 보일 때가 있지만 도수는 나쁘지 않다고 생각했다. 오히려 그런 성격이 뒤로 꿍꿍이를 도모하는 것보다 백배는 낫기 때문이다.

그런 기현이 하기 싫은 말을 억지로 하려고 한다.

아마도 자신의 뜻과 다르게 뭔가를 이야기해야 하는 것 같았다.

"말해."

—저…… 오늘 시간 되십니까?

"왜?"

—죄송하지만 저희 큰 형님 한 번만 만나 보시겠습니까? 정말 죄송합니다, 제가 입이 싸서 그만 형님의 얘기를 하고 말았습니다.

"음."

그가 입이 싸다고 얘기했지만, 같은 조직원들 중에서도 도수와 같은 교도소를 나온 자들이 있을 것이다.

그들이 도수에 대해서 얘기하고 기현이 수긍했을 가능성이 높았다.

성태의 말로는 기현은 빠르게 자리를 잡았다고 한다.

강단도 세고 머리도 비상해서 단 4년 만에 업소 네 곳을 관리하는 중간 보스의 위치에 올랐다고 하였다.

그쪽 세계에서는 꽤나 빠른 진급인 셈이다.

강남에는 세 개의 조직폭력단이 있다.

압구정과 신사동, 대치동을 거점으로 각기 세력이 형성되고 있었다. 그중 기현은 신사동 파에 중간 보스인 셈이었다.

기현이 말하는 큰 형님이란 도수도 교도소에서 들어 본 적이 있었다.

민민태라는 인물로 향년 45세가 된다.

비록 조폭이지만 꽤나 의리가 있고, 호승심이 넘친다고 들었다. 과거 칼을 든 12명의 상대 조직원들과 맨손으로 싸워서 쓰러트린 일로 유명하다.

그중 한 명이 죽어, 교도소에서 5년을 살고 나갔다고 하였다.

그자가 도수를 보자고 한 것이다.

사실 자신의 앞가림을 하기에도 바쁘다. 어지간하면 다른 사람들과 섞이고 싶지 않았다. 그것은 기현의 큰 형님이라는 자도 마찬가지였다.

하나 기현에게 큰 신세를 지고 있는 입장에서 부탁을 매몰차게 거절하기도 거북했다.

"어디로, 몇 시에 가면 되나?"

—아, 감사합니다, 형님. 괜히 저 때문에 형님 번거롭게 해 드리는 것은 아닌지 모르겠습니다.

"괜찮아. 시간하고 장소나 얘기해."

—8십니다. 한숨 푹 주무시고 계십시오. 제가 성태를 보내겠습니다.

"알았어. 그때 보지."

—네, 형님, 감사합니다.

기현의 목소리가 밝아졌다.

도수의 성격으로 보아 거절할 확률이 꽤나 높았기에 조마조마 했던 것 같다.

도수는 대림동에 위치한 포장마차 촌에 나와 있었다.

이곳에 이토록 많은 포장마차가 있다는 것은 처음 알았다.

약 50여 개의 포장마차들이 줄을 지어 있었고 꽤나 많은 직장인들이 드나들었다.

그중에 한 곳만 눈에 띤다.

포장마차 앞에 검은 세단 두 대가 서 있었고, 검은 정장을 입고 건장한 체구를 가진 사내가 포장마차 앞을 막고 있었기 때문이었다.

포장마차의 옆을 지나가던 사람들이 '어디 회장님 오셨나' 라는 말을 수군거리며 지나갔다.

"저깁니다, 형님."

성태가 그 포장마차를 가리켰다.

도수는 고개를 끄덕이고는 포장마차 앞으로 다가갔다. 두 명의 사내가 성태를 보고는 안녕하십니까, 형님, 이라며 인사를 했다.

도수는 의아한 눈빛으로 성태를 바라봤다. 운전기사만 해서 막내 급인 줄 알았는데 그것은 아닌 모양이었다. 새롭게 보였다.

도수의 눈빛을 알아챈 성태는 헤벌쭉 웃으며 말했다.

"헤헤, 제가 기현 형님 오른팔입니다. 서열로 치면 신사동 파 20위 정도 될까요? 윗분보다 아랫놈들이 더 많습니다."

"그렇군."

도수는 고개를 끄덕이고는 포장마차 앞으로 다가갔다. 두 명의 사내가 움찔거리며 뒤로 물러났다.

기현에게 미리 언질을 받아서 누군가 온다고 했지만 이토록 거대한 인간이 나타날 것이라고는 예상하지 못한 얼굴들이었다.

흡사 사자가 눈앞에 있다고 해도 믿을 것이다.

그들이 움찔거리는 것을 본 성태가 싱긋 웃었다.

"이야, 이놈들 감 좋네. 멍청하고, 감 없고, 골빈 놈들은 도수 형님의 살기를 느끼지도 못할 텐데. 어여 비켜, 도수 형님 들어가신다."

"예? 아, 예. 알겠습니다."

두 명의 사내가 급히 옆으로 비켜섰다.

그들의 이마에서 땀이 촉촉이 젖은 것을 알 수 있었다.

그 짧은 순간 엄청나게 긴장을 했던 것이다. 자신들이 그 토록 긴장을 하고 있다는 것도 눈치채지 못할 만큼.

포장마차 문고리를 잡던 도수가 성태를 바라봤다.

"너는?"

"저는 저기 낄 짬밥이 되지 않아서요."

알았다는 듯 고개를 끄덕인 도수는 포장마차 안으로 들어갔다. 안에는 두 명의 사내가 앉아서 소주를 기울이고 있었다.

테이블은 여섯 개지만 오직 두 명뿐이었다.

아줌마 파마를 한 50대 중년 여인이 주인으로 보인다. 그녀는 부지런히 칼질을 하며 그들에게 내놓을 안주를 만들고 있었다.

"오셨습니까, 형님."

기현이 자리에서 일어났다.

그는 맞은편 사내에게 양해를 구하고 자신의 옆자리에 도수를 데리고 왔다.

"큰 형님, 제가 말한 도수 형님입니다."

큰 형님이라는 자가 고개를 까닥였다. 머리는 올백으로

하고 눈썹이 짙었다. 코가 뭉뚝했으며 입술이 두터웠다. 면도를 했지만 푸르스름한 빛이 가득했다. 꽤나 털이 많은 것 같았다.

나는 남자다, 라고 이마에 써 붙이고 다닐 것 같은 사내였다.

"나, 민민태요."

신사동 파의 보스인 민민태가 먼저 악수를 청했다. 도수는 그의 손을 잡았다.

"마도습니다."

민민태는 손아귀에 힘을 주었다.

상대를 힘으로 제압한다거나 그런 유치한 짓은 아니었다. 본래 악수를 할 때 손안에 힘을 주는 타입 같았다.

"듣던 대로 손이 우악스럽군."

듣던 대로라…… 도대체 무슨 소리를 들었기에. 그것은 도수가 알 길이 없었다.

"기현과 우리 애들이 하도 자랑을 하기에 얼굴 한번 보고 싶었소. 애들 말로는 서울에서 원터치로 이길 자가 없다고 하더군요. 하하."

"부풀려진 소문입니다."

민민태가 도수에게 큰 잔을 건넸다.

세 병의 소주가 옆에서 나란히 서 있는 것으로 보아 이미 몇 잔 술이 돈 모양이었다.

그런데도 기현과 민태의 얼굴에는 취기가 하나도 없었다.

눈빛도 그대로고, 발음도 확실했다.

약간의 술 냄새만 없다면 술을 마시지 않았다고 하더라도 믿을 정도였다.

"일단 한 잔 합시다."

민태는 도수의 잔에 소주를 콸콸 부었다.

그리고 자신의 잔에도 따른다. 소주 한 병이 도수와 민태의 두 잔을 다 채우지 못했다.

그는 박스 째 가져다 놓은 소주 상자에서 소주 한 병을 꺼내 자신의 잔에 마저 술을 부었다.

마지막으로 기현에 잔에도 따라 주었다. 기현은 두 손으로 공손하게 술잔을 받았다.

술잔이 돌았다.

그들이 하는 말은 별것이 없었다. 그자 보통 사람들처럼 세상 사는 일들과, 정치인들에 대한 욕, 먹고 살기 힘들다는 말, 세금 좀 그만 때려야지 자신들을 봉으로 안다는 말이 주된 얘기였다.

그들은 한 시간도 되지 않아 소주 15병을 마셨다.

꼼장어, 오뎅과 국물, 맵게 생긴 닭발, 오돌뼈, 누룽지탕, 숙주나물, 돼지고기 볶음과 같은 많은 안주가 있었지만 거의 손을 대지 않았다.

어느 정도 취기가 오르자 민태가 제안을 하나 했다.

"우리 팔씨름 한 번 합시다."

"팔씨름이요?"

"그래요. 내가 나이는 먹었지만 이제껏 져 본 적이 없소. 그쪽도 한 힘 하는 것 같으니 한 번 해봅시다. 대신 그냥 하면 심심하니 내기 하나 합시다."

"어떤 내기 말입니까."

"내가 이기면 형님으로 모시고, 당신이 이기면 여기 술값 내가 쏘겠소."

"형님, 취하셨네요. 원래 형님이 쏘기로 한 것 아닙니까."

기현이 끼어들며 말했다.

"왜 이래. 요즘 세대는 뿜빠이야."

"아 예. 그랬군요. 언제부터 형님이 요즘 세대가 됐는지 모르지만."

"시끄럽다, 이놈아."

민태와 기현은 꽤나 돈독한 사이 같았다.

조직의 보스와 부하가 아니라 친한 형 동생 같이 보였다. 원래 그런지, 아니면 셋만 있어서 편하게 대하는지는 알 수가 없었다.

민태는 양복 상의를 벗고는 오른팔 셔츠를 걷어 올렸다.

여자의 허리만큼이나 두꺼운 팔뚝이 튀어나왔다.

옆에서 그의 팔뚝을 본 기현이 '와우' 라는 탄성을 질렀다.

도수도 양복 상의를 벗었다. 그도 오른팔의 와이셔츠를 걷어 올렸다.

민태 정도는 아니지만 만만찮은 두께의 팔뚝이 드러났다.

"자, 한 번 해봅시다."

쾌나 팔 힘에 자신이 있는 모양이었다.

팔뚝의 심줄이 불끈불끈 솟아올라 힘이 넘쳐 보였다.

어지간한 성인들은 저 주먹에 한 대도 견디지 못할 것 같았다.

도수는 민태와 손을 맞잡았다.

"허허, 손아귀에 들어오는 힘이 쾌나 묵직하군."

민태가 '씨익' 하고 웃었다.

만만찮은 상대임을 인정하지만 자신이 질 것이라고는 꿈에도 생각하지 않는 모양이었다.

이제껏 팔씨름에서 져 본 적이 없다고 하니 당연한 자신감이었다.

기현이 심판을 봤다.

그는 민태와 도수의 손을 잡은 후 정확히 중앙에 맞췄다.

"시작!"

기현이 손을 뗐다.

동시에 민태와 도수의 팔 근육에 힘이 들어갔다. 둘의 팔은 정지 화면을 틀어 놓은 것처럼 꼼짝도 하지 않았다.

민태와 도수의 다른 손이 잡고 있던 탁자가 마구 요동을 쳤다.

도수는 깜짝 놀랐다. 그도 힘에는 자신이 있었다. 과거 수수깡처럼 말랐을 당시에도 쾌나 힘이 강한 편이었다. 친구들이 겉보기와는 다르다고 놀랐던 적이 있었다.

더해서 자신을 뛰어넘는 노력으로 몇 배나 강해졌다고 자부했다.

그런데 자신보다 열 살이나 많은 민태의 힘과 엇비슷한 것이다.

건달들 12명과 맞붙어서 그들을 모조리 쓰러트렸다고 하더니 빈말이 아니었다.

하지만 민태 보다 놀라지는 않았을 것이다. 이제껏 그의 팔씨름을 해서 3초를 넘긴 사람들은 다섯 손가락 안에 들 정도였다.

그의 부하로 있는 전직 씨름 선수인 이기동도 겨우 10초를 버텼다.

그만큼 민태는 압도적인 힘을 자랑했다.

씨름을 했더라면 천하장사를 했을 것이라는 동생들의 말이 허언이 아니었다.

그런 그가 도수의 팔을 넘기지 못하고 있었다.

높고, 넓고, 단단한 벽에 막힌 것 같았다.

"흐읍."

둘은 동시에 힘을 주었다.

탁자가 그들의 힘을 이기지 못하고 바들바들 떨었다.

플라스틱으로 만들어진 탁자라 금방이라도 부서질 것처럼 보였다.

기현은 흥미진진하게 그들의 팔씨름을 지켜보고 있었다. 단순히 팔씨름인데 그가 좋아하는 축구 경기보다 재밌기는 처음이었다.

빠각!

끝내 플라스틱 탁자가 반으로 쪼개지며 부러지고 말았다. 탁자가 부러지며 힘을 줄 곳을 잃어버린 민태와 도수가 앞으로 엎어졌다.

둘은 어깨를 부딪친 후 엉덩이를 바닥에 찧고 말았다.

엉덩이를 바닥에 대고 있던 민태는 믿기지 못하겠다는 듯이 도수를 바라봤다.

그리고 너털웃음을 터트렸다.

"대단하구만, 동생! 태어나서 이런 경우는 또 처음이네."

"마찬가지입니다."

도수가 먼저 자리에서 일어났다.

그는 손을 내밀어 민태의 손을 잡아서 일으켜 주었다. 기현이 다가와서 민태와 도수의 엉덩이를 번갈아 가면서 털어주었다.

"정말 대단해. 나중에 꼭 승부를 내 보자고! 여기 술은 내가 쏘지. 아니, 기분이 갑자기 좋아지는구만. 2차, 3차도 내가 쏘지."

도수는 고개를 끄덕였다.

그는 오른 손바닥을 바라봤다.

민태가 잡은 손이 얼얼하다. 저런 주먹에 맞으면 아무리 도수라도 크게 타격을 입을 것이다.

마치 해머로 맞은 것처럼 느껴질 테니까.

"형님들 정말 대단합니다. 완전히 괴물 형님들입니다."

기현이 도수와 민태를 번갈아 쳐다보면서 아이처럼 눈을 반짝였다. 민태는 그런 기현을 보며 '짜식, 괴물 형님은 무슨' 이라며 미소를 지었다. 괴물이라고 불렸지만 나쁘지 않은 어감인 듯했다.

하지만 도수가 이들에게 말을 하지 않은 것이 있었다.

그는 왼손잡이.

오른손보다 적어도 두 배 이상 완력이 강했다. 굳이 그것을 말할 필요는 느끼지 못하는 도수였다.

8.
인연

어지간한 도수도 꽤나 술이 올랐다. 셋이 얼마나 술을 마셨는지 술병을 세지도 못했다. 셋은 신림동으로 옮겨 술자리를 계속했다.

민태는 한 번도 취한 적이 없다면서 진작 고주망태가 되었다.

마지막 노래 주점에서 아가씨들을 부르고는 골아 떨어졌다.

아가씨들이 '오빠, 일어나. 나랑 놀아야지.' 라고 몇 번이나 깨웠지만, 시체가 된 것처럼 축 늘어져서 일어나지 못했다.

할 수 없이 동생들이 그를 업고서는 차에 태웠다.

찬바람을 맞고서야 정신이 조금 돌아오는지 흐릿한 눈으로 도수를 불렀다.

"동생, 오늘 정말 반가웠네. 나중에 꼭 다시 한 번 붙자고."

"알겠습니다, 들어가십시오."

"응, 먼저 갈게. 나중에 봐. 기현이도 조심해서 들어가고."

"네, 형님. 들어가십시오."

민태를 태운 차가 출발했다. 마누라가 있다고 하니 집에 가면 꽤나 들들 볶일 것이다.

아무리 조폭이라고 하더라도 마누라를 이기는 남자는 거의 없었다.

또 술이야, 그놈의 지긋지긋한 술, 애들이 보고 배워, 작작 좀 마셔라, 인간아, 라며 쉴 새 없이 잔소리를 해 댈 것이 분명했다.

안 봐도 충분히 연상이 된다.

민태와 동생들이 사라지자 복잡한 신림동 거리에 남은 사람은 기현과 도수뿐이었다.

"형님, 한 잔 더 하시죠."

기현이 말했다. 그도 꽤나 취했지만 흐트러진 모습은 보이지 않았다.

"오늘은 그만하지, 많이 마셨는데."

"그러지 말고 한 잔만 더 하세요. 소개시켜 줄 사람도 있고."

"소개?"

"네, 제 마누라요."

마누라? 몰랐던 얘기였다.

그러고 보니 기현에 대해서 아는 것이 거의 없었다, 사실 궁금해한 적도 없었고.

조금은 미안해지는 도수였다.

"정확히는 동거인이죠. 아직 혼인신고는 올리지 않았고요. 같이 살고 있습니다."

"결혼식을 안 올렸어?"

"네, 마누라 집안에서 결사반대를 하고 있거든요."

납득이 간다.

아무리 좋게 포장을 한다고 하더라도 기현은 건달.

좋은 옷을 입고, 명품 시계를 차고, 고급 승용차를 몰아도 이마에 낙인이 찍힌 것처럼 그는 건달로밖에 보이지 않았다.

기현의 여자 친구가 평범한 사람이라면, 그녀의 부모가 기현을 보고서 기겁을 했을 것이 확실했다. 목에 칼이 들어와도 허락하지 못한다고 했겠지.

"이 근처에 있다고 하네요. 같이 가시죠."

"둘이 마셔. 내가 끼는 것은 불편할 것 같군."

"아니에요. 친구와 있다고 해서요."

"내가 굳이 가야 하나."

"형님한테 꼭 소개시켜 주고 싶어서 그래요."

이렇게까지 말을 하는데 싫다면서 그냥 갈 수는 없었다.

도수는 잠깐 얼굴만 비치겠다고 말을 하고는 기현과 동행했다.

그들이 간 곳은 신림동 순대 타운과 멀지 않은 곳이었다. 크리스마스 때문인지 사람들은 거리마다 꽉꽉 차 있었고,

연인들끼리 혹은 친구들끼리 어울려서 거닐었다.

술에 취한 젊은 사내들이 기현과 어깨를 부딪쳤다.

그는 뭐야, 하며 기현을 바라보더니 이내 고개를 숙여 죄
송합니다, 라고 말을 하고는 가던 길을 갔다.

아무리 젊은 객기가 넘친다고 하더라도 기현과 도수를 보
고서는 시비를 걸 배짱은 없었던 모양이다.

도수와 기현은 2층에 있는 호프집으로 들어갔다.

요즘 세대에 맞게 인테리어가 화려한 호프집이었다.

호프집 안은 사람들로 가득했다.

빈자리는 보이지 않았다. 붉은 체크 무늬색 옷을 입은 종
업원들이 쉴 새 없이 주문을 받고 있었다. 손님들은 대부분
20대 젊은이들 같았다.

기현과 도수만 너무 튄다.

블랙 정장을 입고 나 건달이요, 이마에 써 붙인 그들이
들어가자 종업원들도 흠칫 놀랐다.

점장으로 보이는 젊은 사내가 다가와서 말했다.

"손님, 자리가 없습니다. 조금 기다리시겠습니까."

"일행 찾아왔습니다."

기현이 답했다.

"아, 네. 들어가세요."

점장은 고개를 꾸벅 숙이고는 길을 비켰다.

기현이 앞장서고 도수가 뒤를 따랐다.

복도는 넓었지만 그들이 가자 꽉 찬 것 같은 느낌을 주

었다.

마주 오던 종업원들과 손님들이 몸을 틀어서 길을 내주었다.

한 여자가 기현을 보고 손을 흔들었다.

"저기 있네요. 형님, 이리 오시죠."

기현은 손을 흔든 여자가 있는 쪽으로 걸어갔다.

여자 앞에 있던 다른 여성이 자리에서 일어나 건너편으로
건너갔다.

"앉으세요, 형님."

기현이 안쪽 자리를 내줬다.

여성들이 일어나서 도수를 보고 '안녕하세요' 라고 말했다.

도수가 창가가 있는 안쪽 자리에 앉고, 기현이 바깥쪽에
자리를 잡았다.

탁자는 고정이 되어 있어서 움직이지 않았다. 덕분에 도
수가 앉기에는 상당히 비좁았다.

다리를 뻗을 수도 없었다. 긴 다리를 뻗었다가는 건너편
여성에게 닿고 말 것이다.

그런 실례를 범하지 말아야 한다는 것쯤은 도수가 알고
있었다.

그는 고개를 들어서 두 명의 여성을 바라봤다. 같이 인사
를 하기 위해서였다.

상대편 여성은 입을 벌리고 놀란 표정을 짓고 있었다.

그녀는 손가락으로 도수를 가리켰다.

"어라."

도수는 '어?' 라며 놀랐다.

그녀를 다시 만날 줄은 꿈에도 몰랐다.

이유정이 눈앞에 있는 것이다.

"뭐야, 아는 사이야?"

기현의 동거인이 의아한 표정으로 물었다. 이유정은 고개를 끄덕였다.

"조금."

"오, 그럼 소개할 필요도 없이, 잘 됐네."

기현의 동거인이 방긋 웃었다.

기현의 여자 친구 이름은 현민희였다. 갸름한 턱 선에 눈이 컸다. 염색을 하지 않은 까만 머리카락이 어깨까지 내려왔다.

굉장히 말랐으며, 꽤나 이국적인 미모를 가진 미녀였다.

그쪽 계통에서 종사하는 여자가 아니라는 것은 확실했다.

이런 미녀가 뭐가 아쉬워서 기현과 동거를 하는지 이해가 되지 않았다.

그녀의 직업을 듣고 더욱 놀랐다.

현민희는 입사 3년차 스튜어디스였다. 그녀와 이유정은 K대학교 신방과 동기이자 친구였다.

현민희는 자신의 외모를 살려서 스튜어디스가 되었고, 사회활동에 관심이 많았던 이유정은 기자가 됐던 것이다.

소위 말하는 엘리트 코스를 밟은 여성들이었다.

"이봐요, 아저씨. 이름이 뭐예요?"

이유정은 도수의 앞에 소주잔을 놓으며 물었다.

저번에도 그랬지만 이번도 별반 다르지 않았다.

꽤나 당돌하다. 시비를 거는 것처럼도 들린다.

원래 말투가 그런지, 기자 생활을 해서 그런지는 알 수는 없었다.

"마도수요."

도수의 말투도 마찬가지였다.

10년의 세월은 강산도 변하게 한다. 본래 내성적이던 도수의 성격을 180도 바꿔 놓기에는 충분한 시간이었다.

그의 말수는 줄어들었고, 냉정해졌으며, 매몰차졌다. 마음을 닫아 버린 까닭이었다.

"제가 술 한 잔 산다고 연락 달라고 했잖아요."

"안 먹어도 괜찮습니다."

"제 마음이 불편해서 그래요."

도수는 소주를 들이켰다.

더 이상 이 여자와 말을 섞기 싫었다. 자신의 마음이 불편하다고 억지로 술을 먹어야 하는가.

그건 아니었다.

"이걸로 먹은 셈 치지요."

"이봐요, 마도수 씨. 당신은 저를 구해 줬다고요. 맞아, 생명의 은인이네, 생명의 은인. 그때 도수 씨, 당신이 나를 도와주지 않았다면 어쩔 뻔했어요. 막 강간당하고, 살려 달라고 외치고, 그럴 수도 있었다고요."

그래, 생명의 은인이라고 치자, 생명의 은인에게 시비를 걸고 있는 당신은 뭔가, 라는 말이 목구멍까지 넘어왔다가 배 속으로 사라졌다.

그냥 말없이 술만 마실 뿐이었다.

"얘가 왜 이래. 취했나? 죄송해요, 원래 이런 애가 아닌데…… 요즘 회사에서 많이 까였거든요. 그래서 그런가 봐요."

현민희는 유정의 어깨를 때리며 대신 사과했다. 그녀가 보기에도 유정의 말투가 거슬렸던 모양이다.

"내가 뭘? 아, 씨발, 세상 좆같다. 깡패 새끼들은 떵떵거리면서 잘 먹고 잘사는데, 나 같은 서민들은 좆 뺑이 구르면서 욕이란 욕은 다 먹네."

민희은 눈에 띄게 당황을 했다. 그녀는 기현과 도수의 눈치를 살폈다.

유정에게 기현을 개인 사업자라고 소개했다.

같이 오는 사람은 기현의 선배라고 말했다.

차마 건달이라고 말을 하지 못했기 때문이었다.

그것을 모르는 유정은 건달들을 싸잡아서 욕을 했다.

"얘, 다 나쁜 사람들은 아니야."

민희에 말해 유정은 황당하다는 표정을 지었다.

"얘가 무슨 소리를 하는 거야. 세상에 없어져야 할 종자들이 있어. 바로 강간범과 깡패 새끼들이야. 죽여도, 죽여도 계속해서 기어 나오는 바퀴벌레 같은 놈들이지. 바퀴벌레 약으로는 죽지도 않아요, 그놈들은. 서민들의 피를 빨아

먹고 사는 기생충 같은 자식들이야."

그녀의 말은 신랄했다.

사회부 기자를 하면서 꽤나 험한 모습들을 많이 본 모양
이었다.

그렇지 않다면 저렇게까지 그들을 향해서 독설을 날릴 이
유가 없었다.

"그렇게 생각하지 않아요?"

유정은 도수를 향해서 물었다.

도수는 난감했다.

그는 건달이 아니다. 하지만 기현은 건달이다. 그것도 서
울에서 유명한 조직의 중간 보스였다. 그가 유정에 말해 고
개를 끄덕이면 기현은 바퀴벌레 약으로도 죽지 않는 기생충
같은 놈이 되는 것이다.

다행히도 기현이 옆에서 끼어들었다.

"맞습니다, 모두 죽일 놈들이죠. 하지만 이런 말도 있습
니다. 독은 독으로 치료한다. 놈들을 그냥 내버려 두면 한
도 끝도 없이 증식합니다. 아메바 같이요. 그런데 조금 덜
나쁜 놈들도 있기 마련입니다. 나름 규율을 정하고 서민들
에게는 손을 대지 않는 적당히 나쁜 놈들이요. 그들이 있기
때문에 바퀴벌레 같은 놈들은 무한정으로 증식하지 않는 겁
니다."

"허참. 기현 씨는 깡패들에 대해서 잘 아시나 보네요."

"네? 아니, 전 그냥……."

화살이 기현에게도 돌아갔다.

기현이 당황하는 모습에 민희의 얼굴이 벌겋게 변했다.

아직 혼인신고를 하지 않았지만 둘은 실혼 관계였다. 민희의 부모님에게 허락을 받으면 꼭 성대하게 결혼식을 올리자고 약속도 했다.

남편인 셈이다.

그녀도 깡패를 옹호하는 것은 아니지만, 남편의 직업이 그것이니 어쩔 수가 없었다.

그러나 유정에게 싸잡아서 욕을 먹으니 기분이 나빠지는 것은 막을 수가 없었다.

"제가 아는 깡패는요. 제 1금융을 이용할 수 없는 약자들의 돈을 피처럼 빨아먹고요. 할아버지, 할머니들의 터전을 강제로 빼앗고요. 보이스 피싱으로 아무것도 모르는 사람들의 통장을 털고요. 돈을 위해서 사람도 죽이죠. 강간을 밥 먹듯이 하고 여자 알기를 물건처럼 대하는 새끼들이 깡패들이에요. 그런 깡패들에게 더 좋고, 나쁜 것이 어디 있는지 궁금하네요."

"그, 그건."

기현도 말문이 막혔다.

그녀의 말이 100퍼센트 맞다고는 할 수 없지만 어느 정도 일치하는 것도 사실이었다.

아무리 의리, 협의를 신조로 삼아도 그들이 돈에 의해서 움직이는 것은 사실이었다.

또한 몇몇 동생들은 강간으로 옥살이를 하지 않았던가.

대수롭게 생각하지 않았지만 유정의 말을 들으니 자신들은 대역 죄인이 된 것 같았다.

"애, 그만 좀 해라."

민희가 그녀의 말을 막았다. 더 이상 유정을 내버려 뒀다가는 끝이 없을 것 같았다.

도수와 기현을 보기에도 민망하고.

다행히도 유정은 더 이상 건달을 욕을 하지 않았다.

대화는 정치 쪽으로 옮겨 갔다.

유정과 민희는 이번 대선에 대해서 꽤나 열렬하고 심도 있게 대화를 나눴다.

도수와 기현은 꿀 먹은 벙어리가 되었다.

정치 얘기가 끝나자 재테크로 중심이 바뀌었다. 주식이 어떻니, 펀드가 어떻니, 포트폴리오가 어떻니, 아파트 시세가 어떻니, 땅값이 요동치니, 전혀 알아들을 수가 없는 단어들이었다.

같은 한국말인데 왜 알아들을 수가 없을까 의아하기까지 했다.

도수와 기현은 꿀 먹은 벙어리가 되었다.

나중에는 스포츠까지 이야기가 나왔다. 유명 야구 선수 이야기부터, 축구까지.

그녀들의 다양한 지식에 놀라지 않을 수가 없었다.

축구광인 기현은 끼어들까 말까 하다가 관두기로 했다.

이제 와서 아는 척을 하는 것이 더 무식하게 보일 수가 있다는 판단이었다.

술자리를 그렇게 마무리가 되었다.

넷이 합쳐서 소주 일곱 병이나 비웠으니 적지 않은 양을 마신 셈이다.

"그럼 형님, 저희 먼저 들어가겠습니다. 유정 씨, 잘 데려다 주세요. 유정 씨도 잘 들어가시고요."

기현은 민희와 함께 그렇게 내빼 버렸다.

도수와 유정, 둘이 남았다.

기현과 민희가 빠지자 꽤나 썰렁했다.

둘은 아무런 대화를 나누지 않았다. 무슨 말을 건네야 하는지 막막하기만 했다.

"택시 태워 드리겠습니다, 집이 어디죠?"

도수가 먼저 말문을 열었다.

"종로구요."

도수는 유정 모르게 얼굴을 찡그렸다.

같은 방향이다. 어쩐지 이 여자와 있으면 불편했다.

너무 성격이 드세어 감당을 하기가 어려웠다.

그는 따로따로 가기로 마음먹었다. 그녀에게 자신도 그쪽으로 간다고 말을 하지 않을 예정이다.

"도수 씨는 어디로 가시는데요?"

"저는…… 강서구로 갑니다."

"다른 방향이네요."

"네."

도수와 유정은 다시 입을 닫았다. 그들은 아무 말 없이 도로변을 향해서 걸었다.

새벽 2시가 넘었지만 신림동 사거리는 사람들로 북적거렸다.

모두가 밝은 표정이었다.

좋은 일도 있을 테고, 나쁜 일도 있을 테지만 오늘만큼은 다른 것을 생각하지 않기라도 마음먹은 것처럼 보였다.

징글벨, 징글벨, 노래가 끝없이 울렸다.

"저런."

유정이 골목길을 보며 눈을 찡그렸다. 도수는 그녀가 바라본 곳으로 고개를 돌렸다.

골목길에는 폐휴지를 줍고 있던 할머니가 있었다.

허리가 반쯤 굽고, 검은 머리카락은 보이지가 않았다. 적어도 여든은 넘어 보이는 할머니였다.

할머니는 바닥에 주저앉아서 앞에 있는 남녀에게 화를 내고 있었다.

세 명의 사내와 한 명의 여성이 서 있었다.

사내들은 쫙 달라붙는 정장을, 여성은 이 추운 날씨에 팬티가 보일 정도로 짧은 미니스커트를 입고 있었다. 갈색 코트를 입고 있기는 하지만 꽤나 추워 보였다.

아무리 나이가 들어 보이게 멋을 냈지만 그들이 청소년이라는 것은 대번에 알아차릴 수가 있었다.

할머니는 학생들이 담배를 피면 안 된다고 설교를 했고, 그들은 쌍욕을 하며 할머니를 밀어서 넘어트렸던 것이다.

골목길이지만 사람이 없는 것은 아니었다.

아니, 꽤나 많았다.

하지만 할머니를 돕는 사람들은 한 명도 없었다.

말려들기 귀찮다는 표정으로 그들을 쳐다보지도 않고 지나쳤다.

사람들의 행실을 보며 유정은 혀를 찼다. 그녀는 화가 난 표정으로 학생들에게 다가갔다.

"너희들 뭐하는 짓이야!"

유정은 할머니를 일으켜 세웠다.

할머니는 어이쿠, 아가씨, 고마워요, 라며 고개를 숙여 인사했다.

"아, 씨발, 존나 짜증나네. 이건 또 뭐래."

담배를 물고 있던 여학생이 침을 바닥에 뱉었다.

"너 뭐라고 했어. 어서 할머니께 사과 안 해?!"

유정의 언성이 높아졌다.

"내가 왜? 당신이 뭔데 끼어들고 지랄이야. 우리가 담배를 피든 말든 당신들이 뭔데 상관이냐고!"

여학생의 목에 핏대를 세우며 유정에게 대들었다.

유정의 얼굴에서 어이가 없다는 표정이 역력히 드러났다.

귀싸대기라도 올리고 싶은 것을 억지로 참고 있는 모양이다.

"아가씨, 됐어. 괜히 험한 꼴 당하지 말고 어서 가."

허리가 굽은 할머니가 유정의 등을 밀었다.

자신 때문에 그녀가 다칠지도 모른다고 생각하는 모양이었다.

"아니에요, 할머니. 이런 년놈들은 버릇을 고쳐 놔야 해요. 야, 너희들은 집에 어른 안 계셔?! 너희가 뭔데 어른을 밀어! 이 자식들아!"

"씨발, 없다, 왜! 좀 꺼져 줄래? 짜증나니까."

세 명의 남학생들이 유정을 에워쌌다.

그중에 머리가 길고, 키가 큰 학생은 손을 들어서 유정을 치려는 시늉도 했다.

"어, 그래. 이것들 봐라? 완전 막 가는구나. 치려고? 쳐 봐, 이 자식들아! 누가 겁낼 줄 알고?"

"이 씨발년이, 진짜."

팔을 들었던 남학생이 유정의 얼굴을 향해서 그대로 손을 내려쳤다.

유정은 눈을 질끈 감았다.

아무리 강단이 있는 여자라도 눈을 뜨고 주먹을 맞을 수는 없었다.

하지만 남학생의 주먹은 유정의 얼굴을 때리지 않았다. 아니, 못했다.

어느새 다가온 도수가 그의 팔목을 움켜잡고 있었기 때문이었다.

"그만들 하지."

도수가 낮은 음성으로 말했다.

남학생들은 고개를 돌려서 도수를 바라봤다. 머리 하나가 더 큰 엄청난 체구의 사내가 팔목을 잡고 있는 것을 보고 움찔거렸다.

"악, 놔! 안 놔? 씨발놈아, 놔!"

남학생의 입에서 거침없이 욕설이 튀어나왔다.

"요즘 애들은 입에 걸레를 물고 사나 보군."

"지랄, 염병하네. 대가리 쪼개기 전에 빨리 놔라. 아, 씨발, 존나 아파! 야, 이 새끼 죽여 버려."

키 큰 남학생에 말에 다른 두 학생이 도수에게 주먹을 날렸다.

도수는 팔목을 잡은 채 허리를 뒤로 젖혔다. 그의 앞으로 주먹이 휙휙 하고 지나갔다.

헛손질을 한 두 학생은 화가 나는지 양쪽에서 덤벼들었다.

도무지 말로 해서는 안 되는 놈들이다.

도수는 팔목을 그대로 꺾어 버렸다.

"으아악!"

우드득.

소리가 나며 팔목이 기형적으로 꺾였다.

남학생은 자신의 팔목을 잡고 무릎을 꿇었다.

팔목이 덜렁거리는 것을 본 그는 귀청이 떨어져라 비명을 질렀다.

금방이라도 뼈가 밖으로 튀어나올 것만 같았다.

도수를 향해서 덤벼들던 두 명의 남학생이 멈칫했다.

설마 정말로 팔목을 부러트릴 줄은 상상도 못했던 모양이다.

여학생은 물고 있던 담배를 바닥에 떨어트렸다.

그제야 자신들이 잘못 건드렸다는 것을 깨달았다.

그들은 눈치를 보았다. 어쩌지, 라고 서로 묻고 있었다.

"잘못했다고 사과해. 그럼 보내 주지."

도수는 살 길을 마련해 줬다. 이러고도 뻗댄다면 다시는 수저를 들지 못하게 할 셈이다.

어린 학생들이라고 봐줘야 한다는 도덕적 개념은 도수에게 없었다.

그런 상식은 10년 전, 개 밥통에 던져 버렸다.

나이를 불문하고 엿 같은 것들은 뭉개 버린다. 그것이 도수가 가진 생각이었다.

"죄, 죄송합니다."

학생들이 할머니와 유정에게 사과를 했다. 머리에 든 것은 없어도 멍청하지는 않은 모양이었다.

"너는."

도수는 팔목을 잡고 식은땀을 줄줄 흘리고 있는 남학생을 향해서 말했다.

그는 금방이라도 쓰러질 것처럼 보였다.

당신 내가 아픈 것이 안 보여, 라고 말하고 싶을 테지만 도수가 상관할 바가 아니었다.

"……죄송합니다."

그는 땀을 뻘뻘 흘리며 일어나 할머니와 유정에게 사과를 했다.

"다시 한 번 이런 일이 벌어지면 해 뜨는 것을 보지 못할 지도 몰라."

진심이었다.

학생들은 도수의 말에서 섬뜩한 공포를 느꼈다.

그들은 다시 한 번 고개를 숙여 인사를 하고는 빠르게 골 목을 빠져나갔다.

"어이구, 고마우이. 총각하고 아가씨 덕분에 살았어. 요 즘 애들이 옛날 같지가 않아. 담배 피지 말랬다고 죽일 듯 이 덤비네, 그래."

할머니는 유정의 손을 잡고 연신 고맙다며 인사를 했다.

"별말씀을요. 항상 조심하세요, 할머니."

"걱정하지 말어. 이렇게 보여도 아직 튼튼혀."

"그렇게 보이시네요. 추운데 옷 든든하게 입고 다니시고요."

"그려, 그려."

유정의 그런 행동이 뜻밖이었다.

드세기만 할 줄 알았는데 따뜻한 면도 있었다. 아니, 본 래 이것이 진짜 그녀의 모습인지 모른다.

부담스럽게 느껴졌던 유정에 대한 감정이 조금은 옅어졌다.

둘은 할머니에게 인사를 한 후 다시 도로를 향해서 걸었다.

방금 전까지 꽤나 죽이 잘 맞은 것 같았는데 거짓말처럼 말이 없어졌다.

도로변에 다다랐다. 아직도 사람들이 꽤나 많이 남아 있었다.

"도수 씨는 저한테 슈퍼맨이네요."

유정이 입을 열었다.

"슈퍼맨이요?"

"네, 이제 두 번 만났는데 두 번 모두 저를 구해 주셨잖아요."

그렇긴 하다. 이런 황당한 인연도 쉽게 찾아보기 힘들 것이다.

물론 유정의 성격도 한몫을 했다.

불의를 보면 절대로 꺾이지 않는 성격이었다. 이렇게 살다가는 훗날 무슨 일을 당하지 않을까 싶었다.

도수는 물끄러미 유정을 바라봤다. 화장을 거의 하지 않았다.

눈썹만 그리고 로션만 바른 모양이었다.

전에 봤던 것처럼 청바지와 운동화를 신고, 목까지 올라오는 갈색 스웨터에 긴 외투를 입었다.

몸매가 좋아서 그런지 청바지는 꽤나 잘 어울렸다.

화장을 좀 더 진하게 하고 여성스럽게 옷을 입는다면 훨씬 아름다울 것이라 예상한다.

물론 지금도 그녀의 친구인 현민희만큼 예쁜 것도 사실이었다.

확실한 것은 자신과는 완전히 다른 세계에 살고 있는 여자다.

자신의 손에 수많은 피를 묻힐지도 모른다. 아니, 묻힐 것이다.

하지만 유정은 반대쪽에 세상에서 불의와 타협하지 않는 인생을 살고 있었다.

나중에 달라진 자신을 보면 그녀는 무어라고 말을 할까. 아까처럼 바퀴벌레보다 못한 기생충이라고 욕을 할까.

지금은 알 수가 없었다.

그때가 되어 봐야 알 일이었다.

그때까지 서로의 인연이 이어질지도 확신할 수 없었고.

도수는 택시를 잡았다.

몇 번이나 택시는 그냥 지나쳤다. 아무래도 승차 거부를 하는 모양이었다.

아쉬운 것은 도수였다. 그는 끈기 있게 택시를 잡았다.

보도블록 위에서는 유정이 잠자코 그의 행동을 지켜보고 있었다.

택시가 잡혔다.

종로구요, 라고 하자 택시 기사는 고개를 끄덕였다.

"타세요."

도수는 택시 뒷문을 열었다.

유정은 아무 말 없이 뒷좌석에 올라탔다. 도수는 택시 기사에게 3만 원을 찔러 주며 '종로구요' 라고 다시 한 번 말했다.

그가 뒷문을 닫으려고 하는 찰나, 유정이 물었다.

"다시 만날 수 있을까요?"

"인연이 된다면요."

도수는 택시 뒷문을 닫았다. 창문 사이로 유정의 얼굴이 보였다.

그녀는 무엇인가 더 할 말이 있는 모양이었다.

하지만 도수는 듣지 않기로 했다.

어차피 둘이 가야 할 길은 다르다. 서로에게 호감을 갖는 것도 옳지 않았다.

이렇게 서로 몰랐던 사이처럼 헤어지는 것이 옳다.

택시가 출발했다.

유정의 고개가 돌아간다. 그녀의 눈동자는 도수에게 못처럼 박혀 있었다.

도수는 유정을 태운 택시가 보이지 않을 때까지 서서 지켜보고 있었다.

"씨발, 저기 있다. 개새끼, 잡아!"

도수의 등 뒤에서 거친 욕설이 들려왔다.

뭔가가 우르르 달려오는 것이 느껴졌다.

그는 등을 돌려서 욕이 들리는 곳을 바라봤다.

아까 그놈들이었다.

그놈들이 패거리를 부른 것이다. 팔이 부러진 놈은 보이지 않았다.

그런 팔로 돌아다닐 수는 없었겠지.

아마 병원에 갔을 것이다.

놈들은 모두 일곱 명이었다.

전원이 무기를 들고 있었다. 각목, 쇠파이프, 야구방망이.

도수는 그런 학생들을 보며 피식 웃고 말았다.

이것들은 깡이 센 것인가 아니면 조폭 흉내를 내는 것인가.

"씨발, 덩치 졸라 크네. 허! 저 새끼, 웃는다. 웃어? 졸라, 우리가 씨발, 존나게 허접하게 보이나 보네."

단어가 끝날 때마다 욕이다.

심히 듣기가 거북했다.

그들이 우르르 몰려들자 길을 걷던 시민들이 멀찌감치 자리를 피했다.

112에 신고를 하는 사람들은 없었다.

멀리 떨어져서 호기심 있게 쳐다보는 사람들만 있을 뿐이었다.

도수는 어깨를 으쓱거렸다.

꽤나 추웠기에 어깨를 돌려서 풀기 위함이었다.

그렇지 않아도 기분이 엿 같아졌다.

술이라도 한잔 더 할까 생각했는데, 마침 이놈들이 나타났다.

"씨발, 한 번 뒈져 봐. 개새끼야."

일곱 명이 무기를 들고 도수를 향해서 뛰어왔다.

도수도 그들을 향해서 성큼성큼 걸어갔다.

가장 선두에 섰던 학생이 각목을 머리 위로 들고 그대로 내려쳤다.

뭔가 배운 솜씨가 아니었다.

그저 강하게 치기 위해서 있는 힘껏 휘두를 뿐이었다. 그런 것에 맞을 도수가 아니었다. 그가 허리를 옆으로 흘리자 놈의 각목이 콘크리트 바닥을 강하게 쳤다.

딱!

"악!"

그 학생은 각목을 놓치고 말았다.

꽤나 손바닥이 아플 것이다. 전기를 만진 것처럼 저릿저릿하여 손바닥에 감각이 사라진다.

도수는 주먹을 쥐었다.

그의 주먹이 남학생의 얼굴을 향해서 일직선으로 날아갔다.

머리는 새빨갛게 물들이고 코와 입술에 피어싱을 한 얼굴이었다.

곧 그는 자신의 얼굴을 알아보지 못할 것이다.

뻑!

도수의 주먹이 그의 얼굴을 강타했다.

남학생의 고개가 뒤로 확 젖혀지며 뒤로 밀려났다.

붕 떠서 날아가는 장면을 슬로우 비디오로 보는 것 같았다.

그는 몇 미터나 뒤로 밀려난 후 보도블록 위로 쓰러졌다.

쓰러진 상태로 그는 일어나지 못했다.

팔과 다리를 심하게 떨며 코와 입에서 엄청난 양의 피를 뽑어 댔다.

안면에 주먹 자국이 그대로 생긴 것 같았다. 눈알이 터지지 않은 것이 천만다행이었다.

"이, 이 씨발."

남은 학생들은 순간적으로 경직이 되었다.

나름 싸움에 이골이 난 그들이었지만, 한 번도 이런 장면을 본 적이 없었다.

얼굴을 망치로 두들겨도 이 정도까지는 되지 않을 것이다.

이쯤에서 도망을 갔어야 한다.

그러나 아직 여섯 명이나 남았다는 무리에 대한 믿음이 그들의 육체를 산산조각 내고 말았다.

도수가 그들 사이로 뛰어든 것이다.

"죽어!"

가장 가깝게 있던 학생이 야구방망이를 휘둘렀다.

도수는 야구방망이를 향해서 주먹을 휘둘렀다.

권투에 훅이었다.

훅이란 옆에서부터 휘두르는 주먹을 말한다. 원심력을 이용하기 때문에 스트레이트보다 파괴력은 월등하다.

도수의 주먹이 놈의 야구방망이를 깨트렸다.

야구방망이는 두 동강이 나서 차도 위로 굴러갔다.

야구방망이를 들고 있던 남학생은 그대로 얼어붙고 말았다.

자신의 운명을 직감할 것이다.

도수의 훅은 야구방망이를 깨트린 것으로도 멈추지 않았다.

그의 주먹이 야구방망이를 들고 있던 놈의 관자놀이를 직격했다.

꽈직!

겨우 주먹질인데 이런 소리를 들은 사람은 없을 것이다.

뭔가가 부서지는 소리가 모두의 귀에 똑똑하게 들렸다.

도수에게 맞은 그의 몸이 540도 회전을 한다. 한 바퀴 반을 돈 학생은 바닥에 엎어져서 일어나지를 못했다.

차갑게 얼어붙은 콘크리트 바닥에 얼굴을 묻고 지렁이처럼 꿈틀꿈틀 댈 뿐이었다.

조금씩 붉은 피가 흘러나왔다.

그의 피는 넓게 퍼져서 콘크리트 바닥을 적셨다.

도수는 그의 머리채를 잡고서 들어 올렸다. 허리가 뒤로 휘며 질질 끌려 올라온다.

학생의 얼굴은 차마 쳐다보기가 무서울 정도였다.

얼굴이 옆으로 휘어져 있었다.

입에서는 쉴 새 없이 피가 뚝뚝 떨어졌다. 부러진 이빨들과 피가 흙과 뒤엉켜 있었다.

턱뼈가 부러진 모양이었다.

도수는 그의 머리채를 쥔 채 나머지 학생들을 보며 나직하게 입술 양쪽을 들어 올렸다.

웃는 것처럼 보인다.

학생들의 온몸에서 털이란 털이 모두 하늘을 향해 곤두섰다.

강하게 바람이 불지만 그들은 추위도 느끼지 못했다.

누군가 각목을 버리고 도망치려고 했다.

하나 곧 이어 들려온 도수의 말에 그대로 얼어붙고 말았다.

"너희들은 사내잖아. 사내라면 책임을 져야지. 이대로 내빼는 것은 용서하지 못해. 모두 덤벼라. 한 놈이라도 도망을 친다면 반드시 찾아내서 목뼈를 부러트려 주겠다."

그들은 태어나서 처음으로 죽을지도 모른다는 두려움과 공포를 떠올려야 했다.

9.

공포

CITY OF
WILD BEASTS

영수를 찾았다.

그동안 놈은 꽤나 부자가 되어 있었다.

친구였던 동생의 돈을 속여서 가로챈 돈으로 막대한 부를 쌓았다.

셋이 나눠서 가졌으니 4천만 원쯤 되려나.

그 돈을 불려서 빌딩을 샀으니 꽤나 수완이 좋은 모양이었다. 아니면 계속해서 사람들의 등을 쳐서 거금을 모았든지.

도수의 입에서 허연 입김이 수증기처럼 흘러나왔다.

하늘에서는 눈발이 날리고, 도수가 입은 두터운 파카 위로 떨어졌다.

새벽 날씨는 더욱 춥다. 손가락과 발가락의 끝부분이 얼어붙는 것 같았다.

몇 시간씩 밖에 서 있었으니 몸이 어는 것이 당연했다.

몸이 어는 것을 막기 위해서 팔과 다리를 계속해서 움직였다.

트레이닝복에 무릎까지 내려오는 파카를 입은 도수는 압구정동에서 알짜배기 땅에 있는 건물을 올려다보았다.

시간이 시간인지라 밤을 낮 삼아 붐비던 사람들은 거의 보이지가 않았다.

종종 술에 취한 사람들이 알아들을 수 없는 말을 하며 지나칠 뿐이었다.

서로가 아주 친한 것처럼 어깨동무를 하고 지나치지만 과연 오전에 술이 깨고 자신들이 무슨 이야기를 했는지 기억이나 할까 궁금했다.

눈을 맞으면서도 뭐가 그리 기분이 좋은지 계속해서 떠들어 댄다.

도수가 바라보는 건물에서 50m 정도 떨어진 곳에는 야간 택시 운전사 둘이서 차를 세우고는 자판기에서 커피를 꺼내 담배 한 대를 피며 두런두런 이야기를 나누고 있었다.

그들이 들고 있는 종이 커피 잔에 눈발이 떨어졌다.

그 외에는 밤거리는 공허하다.

허전하고 차가운 겨울 바람만이 도수의 곁에서 맴돌았다. 무지개 색처럼 반짝이는 네온사인은 가득하지만 사람들의 숫자는 적었다.

곧 새해가 온다.

하지만 갑작스럽게 불어닥친 한파로 인해서 새벽까지 길거리는 헤매는 사람은 극히 적었다.

그가 바라보는 5층 건물이 놈의 것이다.

입주한 상가는 12개. 한 달에 받아 챙기는 임대료만 수천만 원이 넘었다.

도수는 입에 물고 있던 담배를 바닥에 떨어트린 후 운동화 밑바닥으로 비벼서 껐다.

"새끼, 그동안 배 터지게 먹고 살았나 보네."

도수는 핸드폰을 꺼내서 시간을 확인했다.

새벽 4시.

영수가 퇴근을 할 시간이다.

놈은 건물 지하에서 룸살롱을 운영했고, 새벽 4시면 칼같이 퇴근했다.

4년 전 결혼을 했고 아들 둘을 자식으로 두고 있었다.

놈이 룸살롱 밖으로 나왔다. 여러 명의 사내들이 그를 쫓아 나와서 90도로 인사를 했다.

압구정동에서 룸살롱을 운영하니 민태 형님과도 안면이 있을지도 모른다.

건달처럼 입고, 건달처럼 행동을 하는 것으로 봐서 어느 조직에 속해있을지도 모르고.

영수의 곁에는 두 명의 건달들이 붙어 있었다.

그들은 주변을 살피며 한시도 경계를 늦추지 않았다.

호일이 가족들과 지방으로 피신하며 연락을 한 모양이었다.

나름 의리는 지킨 모양이었다.

개자식들이 지킬 의리야 별 볼 일 없는 것이지만.

도수는 영수를 무심한 눈길로 쳐다봤다.

거리로 나온 그는 아직 불이 켜져 있는 임대 상가들을 찾아다녔다.

그가 그 시간에 온다는 것을 알았는지 늦은 시간까지 상가를 운영하는 사장들이 직접 나와서 인사를 했다.

도수는 5톤 덤프트럭에 올라탔다.

싸게 구입한 대포차였다.

며칠 동안 속성으로 성태에게 운전도 배웠다. 아직 면허를 따지 못했지만, 어느 정도 운전 실력은 된다.

한창 러시아워 시간 때에 운전은 못하겠지만, 차량 소통이 거의 없는 새벽에는 혼자서도 충분히 차를 몰 수가 있었다.

그는 시동을 켠다.

부르릉!

소리가 나며 힘차게 엔진이 돌아갔다.

당장이라도 튀어 나갈 것 같은 경주마와 비슷했다.

경유 타는 냄새가 도수의 코를 찔렀다. 매연이지만 나쁘지 않은 기분이었다.

눈과 바람이 같이 몰려와 덥혀지고 있는 덤프트럭의 엔진을 차갑게 식혔다.

길 건너편에 영수가 있다.

도수는 액셀러레이터와 브레이크를 동시에 힘껏 밟았다.

덤프트럭의 엔진이 급하게 공회전을 하며 사납게 울부짖었다. 그는 액셀러레이터 위에 무거운 돌을 얹었다.

도수는 빙그레 미소를 지었다.

"인사 대신이다."

그는 브레이크에서 발을 떼고는 빠르게 운전석에서 뛰어내렸다.

신호가 울렸다.

덤프트럭을 가로막고 있던 방해물이 치워지고 쏜살같이 튕겨져 나갔다.

순식간에 속도가 붙는다. 얼마나 세게 밟았는지 50km까지 빠르게 도달한다.

굉음을 내며 영수를 향해서 거대한 이빨을 드러낸다.

영수와 두 명의 건달들은 다가오는 덤프트럭을 보며 기겁을 하고 말았다.

얼굴이 시커멓게 죽는 것이 멀리에서도 보였다.

그들의 눈동자가 밖으로 빠질 것처럼 크게 떠졌다.

영수의 눈동자에서 점점 다가오고 있는 덤프트럭이 판박이처럼 박혔다.

비명도 지르지 못했다.

그저 '아, 저, 저'라는 말을 반복할 뿐이었다.

눈과 바람이 몰아치는 도로에서 영수는 마네킹처럼 서 있었다.

"형님! 피하십시오!"

두 명의 건달들이 동시에 영수를 밀었다.

덤프트럭을 아슬아슬하게 그들을 스치고 지나갔다.

콰콰콰콰콰쾅!

덤프트럭의 바퀴에 소화전이 걸렸다. 충격을 이기지 못한 소화전이 뿌리째 뽑혀져 나갔다.

동시에 하늘을 향해서 엄청난 물줄기가 솟구쳤다.

눈과 물줄기기 한데 뒤섞여 바닥에 떨어졌다. 영하 10도가 넘는 한파에 길바닥은 빠르게 얼어붙었다.

콰콰쾅!

소화전에 바퀴가 걸린 덤프트럭이 기우뚱거리며 반쯤 기울었다.

다시 제자리로 돌아올지 아니면 뒤집힐지 아슬아슬했다. 잠시 앞뒤로 흔들리던 덤프트럭은 그대로 뒤로 뒤집히고 말았다.

가속도를 이기지 못하고 덤프트럭은 수십 미터 앞으로 더 미끄러졌다.

덤프트럭 앞에는 야간 배달을 하는 치킨 집이 있었다.

치킨 집 주인과 아르바이트생이 하품을 하며 시간을 때우고 있는 것이 보였다.

그들은 갑자기 터진 굉음에 정신이 번쩍 드는지 고개를 들고 창문 밖을 바라보았다.

그들이 태어나서 가장 놀라는 순간이었을 것이다.

쓰러진 덤프트럭이 치킨 집을 향해서 곧장 미끄러져 가고 있으니 말이다.

치킨 집 사장도, 알바생도 고목나무처럼 굳어 버렸다.

머릿속이 하얗게 변하며 지금 무슨 일이 벌어지고 있는지 상황을 분석하기에 바빴다.

상황 판단이 끝나야 몸이 반응하지만 그러기에는 닥친 일이 너무도 황당했다.

끼이익.

치킨 집 사장과 알바생은 그대로 주저앉고 말았다. 천만다행이라고 할까.

덤프트럭은 치킨 집과 불과 얼마 안 남긴 곳에서 멈췄다.

한순간에 폭풍이 몰려온 느낌이었다.

거대한 굉음이 연속으로 터져 나왔고, 술에 취한 사람들과 택시 기사들도 멍하니 그 장면을 지켜봤다.

누구도 나설 수가 없었다.

상황은 덤프트럭이 뒤집어져 가까스로 멈추고 나서야 끝이 났다.

메마른 바람이 그들의 뺨을 훑고 지나갔다.

영수와 건달들은 벌렁벌렁 뛰는 심장을 진정시키지 못했다.

하마터면 저 거대한 덤프트럭에 치여서 끝장이 날 뻔도 했으니 당연한 일이었다.

영수는 건달들이 일으켜 줄 때까지 엉덩이를 바닥에 대고 있었다.

다시 새벽의 고요함이 찾아온다.

119와 경찰이 올 때까지 잠시간의 평화가 도로를 메울 것이다.

그것을 지켜보던 도수는 후드를 깊게 눌러썼다. 조금 전에 일어난 일은 도수가 했다는 것쯤을 예상할 수 있을 것이다.

자, 과연 너는 어떤 식으로 나올 테냐.

도수는 솟구치는 살심을 가라앉히며 살벌한 미소를 지었다.

*　　*　　*

속이 시원하지가 않았다.

놈을 꽤나 놀라게 했지만 그것 가지고는 성에 차지도 않았다.

놈들은 동생의 실종과 직접적인 연관이 있다.

놈들이 동생을 사채의 덫에 빠트리지 않았다면 도영은 밝은 얼굴로 '형'이라고 말을 했을 것이다.

영수가 밝게 웃는 것을 용서하지 못한다.

결혼해서 자식을 낳고 행복하게 사는 것도 용서하지 못한다.

저렇게 떵떵거리며 사는 것도 용서하지 못한다.

막대한 부를 쌓은 것도 용서하지 못한다.

모든 것을 용서하지 못한다.

놈의 모든 것을 **빼앗아야만** 조금은 속이 풀릴 것 같았다.

그래, 놈의 건물.

네놈이 팬티 한 장 입지 못하고 길거리에 내쫓기는 꼴을 보고 말겠다.

아내와 자식들은 너로 인해 피눈물을 흘리게 될 것이다. 다른 누구도 아닌 너 때문에.

울부짖고, 발버둥치고, 꿈틀대 봐라.

그리고…… 마지막에는 도영이의 앞에서 사죄해라.

아니, 과연 네놈이 그때까지 살아 있을지 모르지만.

도수는 용산 뉴타운 지정지에 나와 있었다.

광대한 지역의 건물들을 모두 철거하고 400m가 넘는 초대형 건물과 온갖 오락 시설이 있는 새로운 거리가 만들어질 것이라고 하였다.

대한민국의 랜드마크가 생긴다면서 연일 방송에서 떠들던 기억이 났다.

하지만 장밋빛 전망만 있는 것은 아니었다.

2만 명에 달하는 시민들이 문제였다.

그들에게 충분한 보상을 해야만 했고, 거주한 곳을 찾아 줘야 했다. 그러나 정부는 그것을 소홀히 했다.

시세보다도 약 20퍼센트 낮춘 금액을 보상하고는 다짜고짜 시민들을 경계 밖으로 몰아냈던 것이다. 시민들의 반발은 당연했다.

뉴타운으로 지정되고 주민들의 거센 반발이 생기고 2년.

거리는 한산했다.

98퍼센트의 시민들이 이미 이곳을 떠났고 간판들의 불은 꺼졌다. 복잡했던 도로의 차량들도 모두 사라졌다.

찬바람에 나뒹구는 온갖 쓰레기와 신문지들. 집들마다 창문이 모조리 깨져 있었고, 골목길을 오가는 사람들도 없었다. 유령 도시를 연상시켰다.

이곳에서 10분만 걸어가면 용산역이 있고, 용산 전자 상가가 있었다.

인터넷 쇼핑몰이 활개를 치면서 용산 전자 상가는 치명타를 입었다.

매일 같이 문을 닫는 상가들이 줄을 이었다. 한때 용산 전자 상가는 이제 끝이라는 말도 나돌았지만 지금 그들은 살아남았다.

조직적으로 힘을 모아 외국인 유치에 나선 것이다. 용산 전자 상가는 하나의 관광 명소처럼 자리를 잡았다.

상가 내에서 쇼핑을 하는 사람들도 반수 이상이 외국인들이었다.

방글라데시, 필리핀, 태국, 중국, 동남아와 중국인들이 가장 많아 보였다.

도심지가 이토록 가깝게 있다는 것이 믿기지 않을 정도로 뉴타운 지정지는 한산했다.

도수는 이곳이 영수를 잡기로 마음을 먹었다.

산, 들, 바다, 강 등 많은 곳을 미리 물색했지만 놈의 성격으로 보아서 쉽게 속아 넘어갈 것 같지가 않았다.

하지만 서울 시내 한복판이라면 얘기가 달라진다.

어제의 일로 놈은 더욱 경계심을 가지고 주변을 살필 것이다.

경호원도 늘어났을지 모른다.

사람 많은 곳에서 놈을 테러할 생각은 전혀 없었다.

다시 교도소에 가고 싶은 마음도 없었다. 적어도 복수를 완성하기 전에는 그럴 수 없다.

놈의 신경을 계속 건드릴 것이다.

놈이 미치기 일보 직전까지 몰아넣고 웅크리고 있던 소굴에서 제 발로 뛰쳐나오게 만들 생각이었다.

도수는 가죽 장갑을 벗고 주머니에서 담배 한 개비를 꺼내서 입에 물었다.

그는 담배를 들지 않은 손으로 건물들의 위치, 골목길들의 방향, 아직 사람이 살고 있는 곳 등을 모두 사진으로 찍었다.

저녁 6시가 되면 켜지는 가로등은 돌을 던져서 깨트렸다.

이제 저녁이 되면 이곳은 암흑 천지로 변하게 될 것이다.

세 시간을 넘게 주변을 살피던 도수의 귀에 시끄러운 함성이 들렸다.

아까부터 어렴풋이 들렸지만 상관하지 않고 있던 도수였다.

그 소리의 진원지가 어디인지 익히 알고 있었기 때문이었다.

TV에서도 나왔고, 라디오에서도 나왔다.

아직 이곳에서 나가지 않고 있던 시민들이었다. 약 40명의 시민들이 10층 건물을 점거하고 경찰들과 대치 중이었다.

초기에는 경찰들도 말로써 설득했다.

시민들은 경찰들의 설득을 거절했다. 그들은 최소한의 생존권을 요구했다.

대부분이 자영업을 하던 사람들이었다.

그들은 이곳에서 내몰리면 살아갈 수가 없었다. 정부에서 받은 돈으로는 전셋집 얻기도 빠듯했다.

대부분이 50세를 넘어서 직장을 구하기도 쉽지가 않았다.

그런 그들이기에 이곳에서 상점을 접고 나가게 되면 생존에 심각한 타격을 입게 되는 것이다.

정부는 그들이 어떤 식으로 살아가야 하는지 대책을 세워 주지 않았다.

죽든, 살든 보상금을 줬으니 알아서 하라는 것이 다였다.

3개월의 협상은 지지부진했다.

시민들은 라면만을 먹으며 사력을 다해서 버텼다. 다른 시민들이 힘을 내라며 많은 구호 물품을 보내 주기도 하였다. 하지만 1년이 지나면서 그것도 사라졌다.

경찰들은 강경하게 맞서는 시민들의 모든 물품을 봉쇄했고, 10층 건물에 갇히고 말았다. 배고프고, 추우면 알아서 기어 나오겠지, 라는 생각을 한 모양이었다.

그럼에도 시민들은 끝까지 버티고 있었다.

맹추위가 밀려왔지만 그들은 담요 한 장에 의지해서 버텼다.

그들을 지지하는 환경 단체 사람들이 다른 건물에서 구호 물품을 던져 주었다.

하지만 그것도 얼마 지나지 않아 단절되었다. 경찰들이 물건들을 던져 주는 환경 단체 사람들을 모두 끌어냈기 때문이었다.

사실 그들에 대해서 도수는 관심이 없었다.

그들이 죽든지, 살든지 자신과는 아무런 관계가 없지 않은가.

그러나 도수는 그들이 있는 곳으로 발길을 향했다.

유정이 협박을 당했던 이유는 이곳에서 용역 업체 직원들이 시민들에게 구타를 가한 것을 기사화한 것이 원인이었다.

언론에서 떠들어 대는 것과 얼마나 다른지 궁금증을 일으켰다.

골목, 골목을 지나자 빨간색으로 '투쟁하노라. 정부의 무지함을 폭로하노라' 라고 적혀 있는 큼직한 현수막이 곳곳에 걸려 있는 것이 보였다.

건물에서 조금 떨어진 곳에는 약 200명 정도의 전경들이 안에서 나오려는 시민들을 막고 있었다.

전경들은 방패를 들고서 시민들의 힘을 몸으로 막아 냈다.

곧 이어, 물대포를 장착한 차량이 도착했다.

물대포가 시민들을 향해서 쏟아졌다. 수압이 얼마나 강한지 물대포에 맞은 시민들이 몇 바퀴씩 나뒹굴었다.

영하 10도를 웃도는 맹추위가 기승을 부리는 날씨다. 이런 날씨에 물대포라니.

경찰들도 제정신이 아닌 것 같았다.

저러다가 폐혈증이라도 걸리면 어쩔 것인가. 언론의 입을 강제로 막을 생각인가.

물에 맞아서 쓰러진 사람들 중에서는 70이 넘어 보이는 노인들도 다수 있었다.

물에 맞은 그들은 오들오들 사지를 떨었다.

체열로 인해 온몸에서 흰 연기가 솟아올랐다. 차가운 겨울 바람이 그들에게 한 번씩 몰아칠 때마다 시민들의 얼굴은 사색이 되었다.

핏기가 순식간에 사라지고 창백하게 변해 갔다.

저러다가 죽지, 도수는 생각보다 훨씬 심각한 상황에 고개를 설레설레 흔들었다.

"이 개자식들아! 너희들 이게 뭐 하는 짓이야! 어디 할 짓이 없어서 시민들에게 물대포를 쏴! 다치면 어쩔 거야!"

어디선가 익숙한 목소리가 들렸다.

도수는 자신도 모르게 입술 한쪽 끝을 올렸다.

"참나……."

이것도 인연이라면 인연이다.

겨우 한 달 동안, 인구 천만 명이 사는 서울이라는 거대한 도시에서 세 번이나 만난다는 것은 분명 번개를 맞을 확률보다 낮을 것이다.

도수는 고개를 돌려서 유정이 있는 곳을 바라봤다.

유정은 전경들 뒤에서 찰칵 소리를 내며 사진을 찍고 있었다.

그녀는 경찰들이 물대포를 쏘자 흥분해서 양팔을 벌리며 경찰차 앞을 가로막았다.

그녀와 함께 있던 남자 기자가 깜짝 놀라는 모습이었다. 그는 유정의 팔을 잡고 옆으로 끌어냈다.

하지만 유정은 '이거 놔요. 선배, 이 개자식들이 하는 짓을 보라고요.' 라며 이마에 핏대를 세웠다.

"열 받는 것 알아. 하지만 우린 기자라고. 냉정해야 할 필요가 있어."

"니미, 냉정은. 이러다가 사람들 죽는다고요."

"야, 우리가 먼저 죽을지도 모른다고. 어서 나와!"

경찰의 물대포가 유정과 선배 기자에게로 향했다.

빨리 비키지 않으면 당신들에게 쏘겠다고 협박을 하는 것이다.

"쏴 봐! 이 자식들아! 너희들이 경찰이야? 민중의 지팡이? 지랄하고 앉아 있네. 너희가 깡패 새끼들하고 다를 게 뭐야! 아니지, 완전 한통속이지? 개자식들아, 쏴 보라고!"

유정은 경찰들을 향해서 고래고래 소리를 질렀다.

그녀의 말을 들은 경찰들이 잠시 움찔거렸지만 물러서지는 않았다.

오히려 빨리 비키지 않으면 공권력을 훼손시키는 짓이라 생각하고 연행하겠다고 말했다.

"그래! 나도 잡아 가, 이 새끼들아! 나도 맛 좀 보자, 물대포!"

"야, 유정아. 좀 참아, 그놈의 불같은 성격 때문에 나도 죽겠다."

"김 선배. 지금 그걸 따질 때에요? 보셨잖아요, 영하 10도가 넘는 이 추위에 노인들에게 물대포를 쏘고 있다고요, 저 망할 자식들이!"

"알아, 그러니까 너는 기사를 쓰면 된다고! 좀 더 머리를 식혀, 세상 사람들이 모두 알 수 있도록 말이야."

"아, 진짜 돌겠네!"

유정은 한 손으로 머리카락을 마구 뒤헝클었다.

이번만큼은 이대로 넘어가지 않겠다고 다짐을 한 듯 선배라는 남자의 설득을 묵살했다.

경찰들도 더 이상 봐주지 않았다.

그녀와 남자의 손에 카메라가 들려 있는 것으로 보아 신문 기자로 예상은 했지만, 윗선들의 명령을 따르지 않을 수는 없었다.

그들은 유정을 향해서 물대포를 발사했다.

거친 물줄기가 유정을 향해서 일직선으로 날아왔다.

차가운 냉기가 그녀의 코앞까지 다다랐다.

멀리서도 아닌 겨우 10m 앞에서 맞는 물줄기. 각목으로 맞는 충격을 받을지도 몰랐다.

유정은 질끈 눈을 감고 말았다.

쏴쏴쏴쏴쏵!

물줄기가 사방으로 튕겨져 나가는 것이 느껴졌다.

몇 방울의 물이 튀어서 그녀의 얼굴을 차갑게 했다.

하나 강력한 수압을 가진 물줄기는 그녀의 전신을 강타하지 않았다.

의아함을 느낀 유정은 질끈 감았던 눈을 떴다.

익숙한 얼굴이 눈에 보였다.

"도수 씨?"

어느새 나타난 도수가 그녀의 앞을 가로막고 있었다.

그는 코트를 잡고 양쪽으로 벌려서 유정에게 최대한 물이 튀지 않도록 자세를 취했다.

그의 뒷덜미에서 물이 뚝뚝 흘러내렸다.

등에 맞은 물대포의 물줄기는 사방으로 튕겨져 나갔다.

아무리 강하게 물대포를 쏘아도 도수는 꿈쩍도 하지 않았다.

"자리를 비키죠."

그제야 유정은 고개를 끄덕였다.

자신이 물대포를 맞았으면 모르되 엄한 사람까지 피해를 입힐 수 없다고 생각했다.

유정이 물대포 사거리 밖으로 나가자 도수도 성큼성큼 걸어서 경찰들 앞에서 비켰다.

그제야 경찰들도 물대포를 멈췄다.

유정은 자신이 타고 왔던 스타렉스 차량으로 다가가 문을 열고는 수건 세 장을 꺼냈다. 꺼낸 수건으로 흠뻑 젖은 도수에게 주었다.

"닦으세요."

아무리 강골인 도수라고 하더라도 이런 추위에서 물대포를 맞고 멀쩡할 수는 없었다.

입술이 파랗게 변하고 온몸이 저절로 떨려 왔다. 차가운 바람이 불 때마다 뼛속을 헤집는 느낌이 들었다.

등허리에 닿는 차가운 천의 기운은 털이란 털을 모두 곤두세웠다.

도수는 코트를 벗고, 가디건을 벗고, 와이셔츠를 차례로 벗었다.

육중한 그의 상체가 드러났다.

차가운 물에 젖어서 근육들이 고무줄처럼 팽배하게 당겨져 있었다. 가슴 근육과 어깨 근육이 잘 발달되었다. 영화 배우들이 보여 줄 법한 배의 근육이 선명했다.

완벽한 몸이었다.

유정은 자신도 모르게 넋을 잃고 그의 상체를 바라봤다.

한 번만 만져 보고 싶은 강한 유혹도 느꼈다.

저 단단한 근육에는 못도 들어가지 않을 것 같았다.

어떤 식으로 단련을 했기에 저런 멋진 근육이 되는지 신기하기만 했다.

도수는 유정이 준 수건으로 몸과 머리카락을 닦았다.

물기가 사라지자 떨림도 어느 정도 진정이 되었다.

"김 선배, 파카 벗어요. 어서요!"

"뭐? 파카는 왜?"

"아씨, 이 사람 이대로 벗겨 놓고 있을 겁니까?"

"그 사람이 누군데."

"아는 사람이에요, 어서 벗어요."

유정은 김 선배라는 사람에게 달라붙어서 강제로 파카를 벗겼다.

김 선배는 뭐라고 투덜거렸지만 도수의 귀에는 들리지 않았다.

유정의 아 진짜, 시끄럽네. 속 좁게 그러지 좀 말아요. 라는 말만 생생하게 들릴 뿐이었다.

"아우, 추워. 나 차에 있을게."

김 선배는 겨드랑이 사이에 양손을 넣고는 보도 차량 안으로 들어갔다.

차에 타자마자 시동을 거는 것으로 보아 히터를 틀려는 모양이었다.

유정과 도수만 남았다.

그들과 몇 십 미터 떨어지지 않은 곳에서는 시민들의 고함 소리와 그것을 막는 경찰들의 소리가 시끄럽게 울렸다.

하지만 둘은 사람들의 함성이 들리지 않았다.

둘이 다시 만난 것은 기묘하고, 의아하며, 낯설었다.

기현과 민희가 있으니 언젠가 한번쯤은 얼굴을 볼 것이라 예상은 했지만, 이곳에서 볼 줄은 상상도 하지 못했다.

　"당신은 정말 슈퍼맨이에요. 어김없이 나타나서 또 저를 구해 주네요."

　"운이 좋았을 뿐입니다."

　"세 번이나 운이 좋을 수가 있을까요."

　"세 번 다 운이 좋았을 뿐입니다."

　"후후후후."

　유정은 뭐가 즐거운지 한 손으로 입을 막고 웃음을 참았다.

　"왜요?"

　"그냥 입고 있는 파카가 너무 작아서요."

　도수는 김 선배라는 사람이 준 파카를 입고 있었다.

　팔목이 훤히 드러나고, 배꼽도 보였다. 옆구리가 횅해서 찬바람이 들어갔다.

　여자의 쫄티를 남성이 입으면 이런 모습일까.

　무뚝뚝하고, 말수가 없는 도수가 그런 옷을 입고 있으니 예상하지 못했던 이미지가 생겨나서 그녀는 웃고 있던 것이다.

　"나중에 회사로 가져다 드리겠습니다."

　"그러셔도 되고, 저한테 직접 주셔도 되요."

　다시 만나자는 의미인가.

　도수도 그녀가 싫은 것은 아니다.

　활화산과 같은 성격도 마음에 들었다. 그녀도 도수가 싫지 않은 눈치였다.

억지로 가져다 맞추면 이것도 인연이니, 한 번 만나 보자고 할 수도 있었다.

하지만 지금은 그럴 때가 아니라는 것을 도수 본인이 가장 잘 알고 있었다.

"고려일보라고 하셨죠? 회사로 가져다드리죠."

"굳이 그럴 필요는 없는데……."

유정은 한숨을 내쉬었다.

조금 낙담한 표정이었다. 하지만 그것도 잠시, 그녀는 밝게 웃으며 고개를 들었다.

"이제 연락처 교환하죠."

"연락처요?"

"네, 이 정도 만났으면 꽤나 아는 사이 맞죠? 이름도 알고, 얼굴도 알고, 그 정도면 됐죠. 핸드폰 번호 가르쳐 주세요."

어쩌야 되나.

가르쳐 줘야 하나.

그의 핸드폰에 입력이 된 사람은 단 세 명뿐이었다. 기현과 성태 그리고 오지 않고, 받지도 않는 도영의 전화번호. 그것이 다였다.

"어서요."

유정은 핸드폰을 꺼냈다. 그리고 번호를 누를 자세를 취했다.

도수는 그녀에게 핸드폰 번호를 가르쳐 주었다.

유정은 핸드폰 번호를 눌러서 도수에게 가는지 확인했다.

도수의 핸드폰이 울리자 만족한 미소를 짓는 유정이었다.

"오늘 뭐해요?"

"무슨 말씀이신지."

"오늘 올해의 마지막 날이잖아요. 뭐하실 거냐고요."

"글쎄요."

딱히 정해진 것은 없었다. 이미 할 일은 끝마쳤다.

"후후, 그럼 저랑 있죠? 그동안 신세진 것도 많은데, 근사하게 한 번 쏠게요."

"글쎄요."

"글쎄요는 무슨. 여기 일 마무리되고 연락할게요. 꼭 받으셔야 돼요. 여자 혼자 쓸쓸하게 포장마차에서 술을 마시게 하지는 않으시겠죠."

"알겠습니다, 받겠습니다."

도수는 고개를 끄덕였다.

교도소에서 출소하고 처음으로 맞이하는 새해다. 그도 혼자서 새해를 맞이하기는 싫었다.

10.
땡수의 이빨

CITY OF
WILD BEAST

도수는 오피스텔에 도착했다. 입고 있는 옷이 너무 작아서 지하철은 탈 수가 없었다. 사람들의 그를 보고는 미쳤다고 할 것만 같았다.

할 수 없이 택시를 타고 오피스텔 앞까지 들어왔다.

그는 작고 꼭 끼는 파카를 벗고 정장으로 갈아입었다.

옷을 갈아입은 그는 바로 오피스텔을 나와서 압구정동으로 향했다.

오후 여섯 시, 영수의 룸살롱이 문을 열 시간이었다. 그는 영수의 업소로 향했다.

가야 룸살롱이라는 간판에 불이 켜지고, 평범하게 차려입은 아가씨들이 안으로 들어갔다.

얼마 지나지 않아 영수가 내려왔다.

그의 주변을 세 명의 건달들이 에워싸고 있었다. 저번보다 한 명이 늘었다.

건달들은 뱀의 눈으로 주변을 훑어봤다.

조금도 방심하지 않겠다는 눈빛이었다.

도수는 그런 건달들을 피식 웃었다.

영수는 업소로 들어갔다. 이곳에서 딱 2시간만 기다릴 생각이다.

하루 종일 업소에 있는다면 그냥 돌아갈 것이다. 하지만 그러지 않을 것으로 여겨진다.

올해의 마지막 날.

놈도 아버지다. 최소한 가족과 같이 보내려고 하지 않을까.

도수의 생각은 맞았다.

업소에 들어간 지 한 시간도 되지 않아서 영수는 밖으로 나왔다.

어딘가로 전화를 한다.

곧 이어 두 아이와 영수의 아내가 건물 밑으로 내려왔다. 영수는 아이들과 아내를 태우고 어딘가로 출발했다.

그의 보디가드인 세 명의 건달들은 다른 차를 타고 뒤따랐다.

위이이잉—

도수가 도로를 건너려던 참이었다. 핸드폰의 진동이 울렸다.

이유정, 그녀였다.

잠시 머뭇거리던 도수는 핸드폰을 받았다. 전화를 받지

않으면 포장마차에서 혼자 술을 마시겠다고 협박한 그녀의
말이 떠올랐다.

"여보세요."

—앗! 무시할 줄 알았더니 받네요, 다행이다.

"아닙니다."

—오늘 저녁 아홉 시, 종로에서 어때요? 보신각 때리는 거
봐야죠.

아홉 시라. 이곳 일을 처리하고 가기에는 충분한 시간이
었다.

"좋습니다."

—종각 4번 출구에서 뵙죠.

"알겠습니다. 아홉 시, 종각 4번 출구."

도수는 약속 시간을 다시 한 번 확인했다.

—헤헤헤, 좋아요. 그럼 조금 있다 봬요.

전화가 끊겼다.

유정의 말투는 상당히 부드러웠다.

예전과는 말투와는 다르다고 느껴졌다. 약간의 애교도 섞
인 것 같았다. 그녀의 목소리를 듣고 있자니 가슴 속에 가
득했던 살기가 가라앉는 것 같았다.

도수는 고개를 흔들었다.

그는 주변을 훑어보고는 도로를 건넜다.

곧장 룸살롱 앞으로 다가갔다. 황금색 조끼에 나비넥타이
를 맨 20대 초반의 웨이터가 대걸레를 들고 계단을 청소하

고 있었다.

이곳저곳에 아무렇게나 버려진 담배꽁초를 치우면서 투덜 거리다가 도수를 보고는 90도로 인사를 했다.

"어서 오십시오, 손님."

도수는 고개를 끄덕였다.

약간의 양아치 기질이 있기는 하지만 영수의 밑에 있는 건달은 아닌 것 같았다.

그저 돈을 벌기 위해서 웨이터를 하고 있을 것으로 여겨 진다.

그는 밑으로 후다닥 뛰어 내려갔다. 영화관 입구와 비슷 하게 생긴 문을 양쪽으로 밀자 룸살롱 내부가 드러났다. 웨 이터들이 분주하게 청소를 하고 있었다.

이른 시간에 손님이 오는 것이 오랜만인지 웨이터들은 깜 짝 놀라는 표정을 지었다.

"어서 오십시오, 손님. 몇 분이십니까?"

"혼자."

"네, 이리로 오십시오."

웨이터가 룸으로 안내했다.

혼자서 오는 사람들도 꽤 있는지 룸이 크기는 아담했다.

노래방의 룸보다 약간 큰 정도였다.

머리를 노랗게 염색하고 파마를 한 웨이터가 싱글싱글 웃 으며 도수가 있는 룸으로 들어왔다.

그는 사장님, 어떤 술로 가져다드릴까요, 라고 묻자, 도수는 가장 비싼 술을 시켰다. 그렇지 않아도 굽실거리던 웨이터는 허리를 90도로 숙였다.

약 2분 뒤에 여덟 명이나 되는 아가씨들이 룸으로 들어왔다.

하나 같이 쭉쭉 빠진 미녀가 아닐 수 없었다.

색상이 다른 짧은 원피스를 입고 가슴이 반쯤 드러나 있었다. 대략 나이는 10대 후반에서 20대 초반이었다.

그녀들은 한 명씩 자신을 소개했다.

웨이터는 한 명이든, 두 명이든 고르라고 말했다.

도수는 혼자서 마시겠다면서 그들을 모두 물렸다. 아가씨들은 간만에 잡은 봉을 놓쳤다는 표정을 지으며 룸을 나갔다.

도수는 120만 원이나 받는 로얄 샬루트의 마개를 따서 잔에 붓고는 단숨에 들이켰다.

입안에 넣었던 술을 바닥에 뱉어냈다.

성태에게 알아보게 하기를 잘했다. 영수는 양주에 물을 타서 팔고 있었다.

룸살롱을 1차부터 오는 사람들은 거의 없다.

대부분이 2차 혹은 술을 먹고 여자가 생각나서 오는 사람들이 대부분이었다. 혹은 접대나.

그러다 보니 양주 맛이 싱겁다고 하더라도 문제를 삼는 사람들은 없었다. 모르고 지나가는 사람들이 더욱 많을 테고.

이러고도 영업을 할 수 있는 것은 뒤를 봐주는 사람이 있기 때문이리라.

물론 덕분에 친절하게 꼬투리를 잡을 수가 있었다.

다짜고짜 이곳을 엎어 버릴 수는 없으니까.

도수는 벨을 눌렀다. 파마를 한 웨이터가 5초도 되지 않아서 달려왔다.

"사장님, 부르셨습니까."

웨이터는 간이라도 빼 줄 것처럼 살갑게 굴었다.

이제 곧 저 얼굴은 변할 것이다. 똥을 씹어 먹은 것처럼.

"이거 먹어 봐."

도수는 웨이터에게 술잔을 밀었다.

그리고 고급스럽게 포장된 양주를 술잔 안에 따랐다.

"네? 이걸 왜 제게……."

웨이터는 어리둥절한 표정이었다.

"일단 마셔 봐."

"아, 네. 그럼……."

고개를 돌리고 술을 마시는 웨이터.

한 번에 잔을 비운 그는 술잔을 내려놓고는 자신이 따라 주겠다면서 양주병을 들었다.

"그건 됐고, 무슨 맛이 나나."

"그게 무슨 말씀이신지……."

웨이터는 아직도 상황이 파악되지 않는 모양이었다. 도수는 친절하게 설명을 해 주었다.

"술에 물 탔던데."

"네? 아, 아니. 그게, 무슨."

웨이터의 얼굴이 급격하게 굳어졌다. 눈동자는 좌우로 흔들렸다.

여기서 나가 실장에게 보고를 해야 하는지, 눈앞에 사내를 먼저 설득해야 하는지 고민하는 듯했다.

그의 고민은 도수가 해결해 주었다.

"사장 불러와."

"……알겠습니다."

더 이상 말이 필요 없었다.

양주에 술을 탔는지, 타지 않았는지 그것은 그가 알 수가 없는 문제였다.

하지만 확실한 것이 하나 있다. 그것은 이 거구의 사내가 시비를 걸고 있다는 것이다.

그가 해결할 문제가 아니었다. 그런 문제는 실장이 알아서 해 줄 것이다.

곧 이어 도수 앞에 건장한 체구를 가진 두 명의 사내가 나타났다.

두 명 다 머리가 짧았고, 180cm 조금 안 되는 신장이었다.

허리둘레가 두꺼운 나무통 같았다. 100kg이 넘어 훨씬 체구가 커 보였다.

두 사내는 주머니에 손을 넣고 룸으로 들어왔다.

처음과는 완전히 다른 행동들이었다.

"당신 뭐요?"

조금은 젊어 보이는 사내가 먼저 말을 꺼냈다.

도수의 체구를 보고는 함부로 행동하지 않았다. 어디 조직인지, 눈으로 살피는 것 같았다.

도수는 술잔을 그들의 앞으로 밀었다. 술잔이 주르륵 미끄러져 탁자 끝에 가서 섰다.

"마셔 봐."

"이건 뭐요?"

"마셔 보라니까."

그들은 이미 웨이터에게 이 사실에 대해서 듣고 룸으로 왔다.

웨이터는 덩치 큰 놈이 술에 물을 탔다며 꼬장을 부린다고 하였다.

그러나 그들은 아무런 말을 할 수가 없었다.

술에 물을 탄 것이 사실이니 말이다. 양주 두 병에 생수 한 통을 넣어서 세 병을 만든다.

그렇게 하면 120만원이라는 돈이 거저 생기는 셈이었다.

하루에 10병을 팔면 1200만원의 순 이득이 생긴다.

지금까지 걸린 적도 없었고, 계속해서 술에 물을 탈 생각이었다.

"다른 술로 바꿔 드리지."

사내는 도수 앞에 있는 양주병을 잡았다. 도수가 그의 팔목을 잡았다.

"왜? 술에 물 탄 거, 증거 없애려고?"

"놓으시지요. 다른 술로 바꿔 준다고 하지 않았소."

사내의 눈빛이 사나워졌다.

당장 아 손을 놓지 않으면 재미없을 것이라는 무언의 협박이었다.

이런 협박.

수백 번도 더 당해 봤다.

도수는 입꼬리를 올렸다. 명백한 비웃음이었다.

그는 손아귀에 힘을 주었다.

사내의 팔목에서 '으득' 소리가 난다. 비튼 것도 아니고, 꺾지도 않았는데 사내의 입에서 으악, 이라는 비명이 터졌다.

단순히 힘을 주어서 쥐었을 뿐이었다.

"이런, 씨발!"

사내는 들고 있던 양주병으로 도수의 머리통을 후려쳤다.

빠각!

소주병보다 훨씬 두꺼운 양주병이 산산조각 나며 흩어졌다.

그제야 사내는 도수의 아귀 힘에서 벗어날 수가 있었다.

그는 뒤로 걸으며 팔목을 만졌다. 얼마나 아귀 힘이 강한지 팔목에 손바닥 자국이 그대로 남아 있었다.

그는 손을 흔들어 보았다. 마비가 와서 제대로 손이 쥐어지지 않았다.

주르륵.

도수의 이마에서 피가 흘러내렸다.

이마가 깨진 듯했다.

이마에서 뚝뚝 떨어지는 피가 도수의 안면을 적셨다.

그는 고개를 좌우로 흔들었다.

피가 사방으로 튀며 고급스러워 보이는 룸의 벽지를 적셨다.

"개새끼, 너 뭐야!"

아직 팔목을 잡고 있던 사내가 사납게 짖었다.

무시무시한 아귀 힘을 본 후 섣불리 덤벼서는 안 된다는 것을 깨달았다.

더군다나 양주병을 머리통에 직통으로 맞고도 신음 한 번 흘리지 않는 상대는 처음으로 봤다.

쾅!

도수가 탁자를 발바닥으로 밀었다. 커다란 탁자가 앞으로 주르륵 밀렸다.

탁자 위에 있던 캔 음료수와 유리컵들이 와장창 거리며 쓰러졌다.

탁자는 사내의 하체를 그대로 들이박았다. 그는 허리를 앞으로 숙이고 말았다.

도수의 거구가 움직였다. 그는 탁자를 한 번 밟고서는 사내의 턱을 강하게 올려 찼다.

빠각, 소리를 내며 사내의 고개가 뒤로 확 젖혀졌다.

맞는 순간 사내의 눈동자가 뒤집혔다. 이빨은 팝콘처럼 입 밖으로 튕겨져 나갔다.

그의 뒤통수가 룸의 벽면에 부딪쳤다.

사내의 몸은 허수아비처럼 흔들리며 바닥에 쓰러졌다.

"이, 이런. 야, 조동수."

거만하게 서 있던 사내가 쓰러진 자를 불렀다.

어깨에 손을 대고 흔들어도 일어나지 않았다. 턱이 완전히 깨져서 피가 입 밖으로 주룩주룩 흘러내렸다.

그가 영수의 오른팔이라 할 수 있는 오 실장이었다.

나이는 서른여덟, 영수보다 나이가 많지만 깍듯하게 사장님으로 모시고 있었다.

꽤나 강단이 있고 싸움 실력도 상당하다.

그러나 대치동 파에서 압구정 파로 갈아탄 경력이 있어서 어느 쪽에도 대우를 받지 못하고 있는 사내였다. 영수가 그에게 손을 내밀어 주지 않았다면 평생 양아치로 살아야 할 운명이었던 것이다.

영수의 속을 뒤집으려면 이놈부터 조져야 한다.

"이 씨발놈이. 여기가 어디라고."

오 실장은 도수를 향해서 주먹을 휘둘렀다.

도수는 그의 주먹을 슬쩍 피한 후 멱살을 잡았다. 안쪽으로 당기자 오 실장의 몸이 확 하고 딸려 왔다.

도수의 힘을 도저히 당해 낼 수가 없는 것이다.

도수는 허리를 반 바퀴 뒤튼 후 오 실장을 어깨로 넘겨 버렸다.

꽈직!

육중한 오 실장의 몸이 크게 한 바퀴를 돌며 탁자 위에 떨어졌다. 탁자는 우지끈 소리를 내고는 반으로 쪼개졌다.

"크흐흑."

떨어질 때 캔 음료수가 그의 허리에 놓여 있었다. 허리와 캔 음료수가 부딪치자 그는 비명을 질렀다.

캔 음료수는 폭탄을 맞은 것처럼 터져서 부러진 탁자 사이로 콸콸 쏟아졌다.

그는 허리가 부러지는 느낌과 함께 좌우로 몸을 굴렸다.

너무 아파서 제대로 움직일 수가 없었다.

도수는 56인치 TV를 벽에서 떼어 내서는 그것을 머리 위로 들어 올렸다.

바닥을 뒹굴던 오 실장의 얼굴에서 경악이 서렸다. 입가의 근육들이 푸들푸들 떨리는 것이 똑똑하게 보였다.

도수는 인정사정없이 TV를 내려쳤다.

TV와 오 실장의 머리가 정통으로 부딪쳤다.

뭔가가 빠개지는 소리가 룸 밖에까지 똑똑하게 들렸다.

도수는 TV가 완전히 부서질 때까지 계속해서 내려쳤다.

쾅!

또 한 번.

쾅!

다시 한 번.

오 실장의 안면이 완전히 망가졌다.

깨진 브라운관이 그의 얼굴을 갈가리 찢어 놨다. 섬뜩하게 찢긴 얼굴에서 폭포수처럼 피가 흘러내렸다.

그렇지만 오 실장은 일어나지 않았다.

정신을 잃은 듯 팔과 다리가 어수선하게 나뒹구는 룸 바닥에 축 늘어졌다.

도수는 오 실장의 머리채를 잡고 질질 끌며 룸 밖으로 나왔다.

아무렇게나 끌고 나오느라 오 실장의 목이 휙휙 돌아갔다. 저러다가 부러지지 않을까 걱정이 될 정도였다.

아가씨들이 자지러지게 비명을 질렀다. 그녀들은 사방으로 흩어졌다. 웨이터들도 주춤주춤 뒤로 물러났다.

믿었던 오 실장이 피범벅이 되어서 끌려 나오는데 섣불리 덤비는 자들은 없었다.

"어디 있어?!"

세 명의 사내들이 급히 룸살롱 안으로 뛰어 들어왔다.

웨이터에게 연락을 받았을 터였다.

아직 본격적으로 영업을 시작하지 않았으니 느긋하게 숙소에 남아 있던 건달들이었다.

"진현 형님!"

그들은 도수에게 머리채를 잡혀 있는 오 실장을 불렀다.

하지만 오 실장은 그들에 부름에 대답하지 않았다.

"너 이 새끼, 어디 놈이야? 우리와 전쟁이라도 하겠다는 거야?!"

한 건달이 외쳤다.

도수는 그들에 말에 대답하지 않았다.

"너 누구냐고!"

건달이 다시 외쳤다.

"도수."

"뭐?"

"내 이름은 마도수다."

"마도수? 씨발, 어디 파야!"

도수는 빙그레 웃기만 할 뿐 대답하지 않았다.

그의 미소에 같이 따라서 웃을 수 있는 사람은 아무도 없었다.

마도수는 혼자다.

자신들은 여럿이다. 그렇지만 수적인 우세를 전혀 인지하고 못했다.

"개새끼, 배때기에 구멍을 내주지."

건달들 셋 모두 칼을 꺼냈다. 시퍼렇게 날이 서 있는 사시미.

그들이 칼을 꺼내자 웨이터들은 멀찌감치 물러났다.

이러다 송장 치우는 것 아니야, 라는 불안한 표정들이 역력했다.

가장 중앙에 서 있던 건달이 정면으로 칼을 찔러 왔다.

건장한 체구의 사내들이 한꺼번에 서기에는 복도가 좁았
다. 이렇게 한 명씩 밖에 나올 수밖에 없었다.

도수의 입장에서는 한결 편해졌다.

삼 대 일이든 오 대 일이든 상관없었지만, 칼을 들고 있
으니 조심은 해야 했다.

제아무리 육체를 단련했다고 하지만 칼에 베이지 않는 것
은 아니다.

칼에 베이면 근육이 찢어지고, 찔리면 죽을 수도 있었다.
뒤통수에는 눈이 없다.

엄한 눈먼 칼에 맞아서 죽고 싶은 생각은 눈곱만큼도 없
었다.

도수는 잡고 있던 오 실장을 앞으로 던져 버렸다. 그의
거구가 공깃돌처럼 가볍게 튕겨져 올랐다.

엄청난 힘이 아닐 수 없었다.

오 실장의 머리카락은 송두리째 뽑혀 나갔다. 두피가 찢
어지며 사방으로 피를 튀었다.

칼을 찔러 오던 건달은 대경실색할 수밖에 없었다. 잘못
하면 직속 선배인 오 실장을 찌르게 될 판이었다.

그는 급히 칼을 옆으로 비켰다. 칼은 오 실장의 옷만 살
짝 찢고 비껴갔다.

천만다행이 아닐 수 없었다. 사내는 자신도 모르게 크게
한숨을 내쉬었다.

하지만 그것이 끝이 아니라는 것은 잠시 잊고 말았다.

빠각!

도수는 오 실장의 머리통을 그대로 밀었다. 오 실장의 이마가 사내의 안면을 강타했다. 자신의 머리가 아니기에 고통도 없다.

하여 도수는 있는 힘껏 오 실장의 머리를 밀었다.

돌이 깨지는 소리가 나면 이런 것일까.

룸살롱 안 전체를 울릴 정도로 소리는 컸다.

사내는 비명을 지르며 나가떨어졌다. 그는 칼을 놓치고 엉덩방아를 찧었다.

사내의 얼굴이 심각하게 일그러졌다. 방금 전에 무슨 일이 있었는지 기억이 나지 않았다. 왜 자신이 엉덩방아를 찧었는지도 몰랐다.

그저 머리가 울릴 정도로 심하게 아플 뿐이었다.

도수는 구둣발을 들었다. 그리고는 사내의 얼굴에 발바닥으로 내려찍었다.

꽈직!

사내의 고개가 뒤로 꺾었다. 그의 뒤통수가 대리석 바닥과 강하게 부딪쳤다.

대리석 바닥이 쩌적 거리며 갈라졌다. 도수가 조금만 더 강하게 발바닥을 내려찍었더라면 사내의 두개골은 박살이 났을지도 모른다.

"이, 이런 개자식이."

나머지 두 명의 건달들이 욕설을 내뱉었다.

하지만 그들은 칼을 휘두르지 못했다. 어느새 도수가 다가와서 그들 사이에 낀 것이다.

칼은 넓은 거리에서 상대할 때 위력을 발휘한다.

상대보다 훨씬 길어지는 리치는 훌륭한 무기가 된다.

그러나 지금처럼 서로의 사이가 30㎝도 안 될 때는 칼을 휘두를 수가 없었다.

찌르는 것 외에는 방도가 없는 것이다.

물론 도수가 먼저 찌르도록 내버려 둘 리가 없었다.

도수는 한 사내의 목을 부여잡았다. 엄청난 아귀 힘으로 조르자 그의 얼굴이 금방 시뻘겋게 변했다. 벌겋던 안색이 급속도로 푸르게 변했다.

산소가 모자랄 때 일어나는 전형적인 현상이었다.

숨구멍이 틀어막힌 그가 칼을 떨어트리고 도수의 팔을 부여잡았다.

어떡하든 떨어트리려고 하지만 꼼짝도 하지 않았다.

"씨발놈이!"

다른 한 명이 도수의 배에 칼을 쑤셔 넣었다.

그러나 도수의 손이 조금 더 빨랐다. 그의 손등이 사내의 관자놀이를 정통으로 직격했다.

칼을 들고 있던 사내의 육체가 거짓말처럼 붕 뜨더니 다른 룸의 문을 뚫고 들어갔다.

"커허헉, 커허허헉."

도수의 손에 잡힌 사내의 눈이 뒤집혔다. 입에서는 하얀

거품이 생겨났다.

몸부림도 더 이상 없었다. 웨이터들과 아가씨들의 비명이 곳곳에서 들렸다.

도수는 사내의 목을 잡고 복도 벽을 향해서 밀었다.

쿵 소리가 나며 벽 전체가 울렸다. 손을 바꿔 머리털을 움켜쥐었다.

그의 뺨을 주욱 밀며 아가씨들과 웨이터들에게 다가갔다. 사내의 얼굴이 벽에 긁혀서 시뻘건 핏자국을 만들어 냈다. 얼굴의 한쪽이 벽에 갈리며 피부가 찢어졌다.

"으, 으, 으. 사, 사람이 아니야."

계단에서 도수를 맞이했던 웨이터가 비명을 지르며 바깥으로 뛰어나갔다.

다른 사람들은 거미줄에 걸린 나방처럼 꼼짝도 하지 못했다.

그들 역시 이쪽 계통에서 적지 않게 일을 해 왔다.

감정 노동이라 술을 마시고 행패를 부리는 사람들도 많이 봐 왔었다.

그들을 달래고, 곱게 집에 보내는 일은 쉽지가 않았다.

하지만 그들은 인내심을 가지고 그들을 상대했다. 가끔을 울화통이 치밀어 올라 모두 때려치우고 싶을 때도 있었지만 이보다 높은 보수를 받는 아르바이트는 없었기에 이를 악물고 참아 냈다.

종종 싸움도 일어났다.

스무 살 정도밖에 되지 않는 어린아이들이 건달을 흉내 내며 시비를 붙이기도 했다.

그럴 때는 오 실장이 나서서 모든 것을 해결했다.

비록 끈 떨어진 연 신세였지만 영수 사장과 만나면서 어느 정도 명예 회복은 하고 있는 셈이었다.

그런데…….

갑자기 일어난 이 지옥과 같은 광경은 무엇이란 말인가. 깨끗하게 닦았던 대리석 바닥은 온통 피로 얼룩져 있었다.

오 실장과 같이 업소를 운영하던 다섯 건달들은 죽은 것이 아닐까, 의심이 될 정도로 떡이 되도록 맞아 바닥에 쓰러져 있었다.

도수는 손에 있던 사내를 놓았다. 그는 눈을 뒤집으며 바닥에 털썩 쓰러졌다.

벽에 갈린 그의 얼굴 반쪽이 천장을 향해서 누었다. 살점이 모두 떨어져 나와 피로 범벅이 되어 있었다.

상처가 낫더라도 흉터는 그대로 남을 듯하다.

"우, 우에엑."

비위가 약한 아가씨 몇몇이 속에 있던 것을 밖으로 뱉어 내고 말았다.

웨이터들이 급히 휴지통을 가지고 와서 그녀들의 앞에 댔지만 이미 늦었다.

바닥은 그녀들이 점심 때 먹었던 라면 면발과 피로 뒤섞여 역한 냄새를 만들어 냈다.

도수가 성큼성큼 걸어가자 아가씨들과 웨이터들은 양쪽으로 쫙 갈라졌다.

112에 신고를 할 생각도 하지 못했다. 사장에게 전화를 했지만 무슨 일인지 꺼져 있었다.

가족과 한 해를 마무리하느라 전화기를 꺼 놓은 듯했다. 그들이 할 수 있는 일은 아무것도 없었다. 사장과 통화가 된다고 한들 어쩌랴.

이곳에서 살인이 나지 않는 한 경찰에는 신고를 하지 말라고 하지 않았던가.

그렇다고 골치 아픈 일을 해결할 다섯 명의 건달들은 쓰러져서 움직이지 않았다.

그들이 할 수 있는 것은 아무것도, 그 무엇도 없었다.

도수는 룸살롱의 문을 열었다.

그는 잠시 멈칫거리더니 파마를 한 웨이터를 돌아봤다. 웨이터는 깜짝 놀라 눈을 피했다.

"영수에게 전해."

"여, 영수요?"

"그래, 너희 사장."

"네, 네."

파마머리 웨이터는 고개를 위아래로 흔들었다. 말씀만 하면 다 전해 주겠다는 얼굴이었다.

"도영이 형, 도수가 왔다 간다고."

"그, 그렇게 전하기만 하면 됩니까?"

도수는 아무런 말없이 업소 문을 열고 밖으로 나가 버렸
다. 남은 사람들은 멍하니 서 있었다. 한바탕 회오리가 몰
아친 듯한 분위기였다.

"으으으으."

건달들의 신음 소리가 곳곳에서 흘러나왔다. 파마머리 웨
이터는 고개를 돌려 피로 도배가 되어 있는 복도를 보았다.
폭격을 맞아도 이것보다 낫지 않을까 싶었다.

누가 과연 이것을 믿을까.

혼자서 건달 다섯 명을 뭉개고는 아무 일도 일어나지 않
았다는 것처럼 유유히 사라졌다.

도수라고 했던가.

도대체 그 사람은 누구지.

안에 남아 있던 사람들의 등줄기가 오싹해졌다.

어쩐지 더 큰 폭풍이 몰아칠 것만 같은 불길한 느낌이 들
었다.

〈『맹수의 도시』 제2권에서 계속〉

WILD BEAST CITY OF

맹수의 도시

1판 1쇄 찍음 2014년 1월 6일
1판 1쇄 펴냄 2014년 1월 9일

지은이 | 동 은
펴낸이 | 정 필
펴낸곳 | 도서출판 **뿔미디어**

편집장 | 이재권
기획 · 편집 | 윤영상
편집디자인 | 이진선

출판등록 | 2002년 9월 11일 (제1081-1-132호)
주소 | 경기도 부천시 원미구 상동로 117번길 49(상동) 503호 (우)420-861
전화 | 032)651-6513 / 팩스 032)651-6094
E-mail | bbulmedia@hanmail.net
홈페이지 | http://bbulmedia.com

값 8,000원

ISBN 978-89-6775-986-5 04810
ISBN 978-89-6775-985-8 04810 (세트)